Juan Ramón Jiménez　Platero y yo

プラテーロと私 抄

アンダルシア哀歌

ファン・ラモン・ヒメネス
谷口江里也 訳

未知谷
Publisher Michitani

プラテーロと私 抄

目次

タイトル下の（　）付数字は原書の通し番号を示す。
本文中の挿絵はすべて訳者による描き下し。

プラテーロと私

抄　アンダルシア哀歌

私にブラックベリーやカーネーションをくれた
太陽という名前の路に住む
おつむが少しおかしくなってしまった
可哀想なアゲディージャの思い出に捧ぐ。

プラテーロ

（1）

プラテーロは小ちゃくて、毛深くて、柔らか。
見た目は真っ白で、まるで体がみんな真綿でできていて骨なんかないみたい。
けれど、磨き上げられた黒い石の鏡みたいな目だけは
まるでツヤツヤの黒水晶のような
あるいは甲虫（かぶとむし）の硬い目のよう。

綱を解いてあげると、散歩に出かけて
薔薇色の、透き通った空のような青色の、あるいは
黄色の小さな花々を鼻で、ほんの少し、そっと撫でるようにして触る。
私が優しく、プラテーロ、と呼ぶと
まるで笑っているみたいな顔をして嬉しそうに駆け足でやってくる。
首につけた鈴を、それよりいい音なんてないくらい気持ちよく響かせて……

私が食べ物をあげると、いくらでも食べる。
プラテーロが好きなのは、オレンジやみかんや葡萄や

透き通った甘い果汁が滴り落ちそうな赤くて茶色い熟したイチジクなど……

見た目は柔らかくて可愛くて、まるでちいさな男の子や女の子みたい。
でも実際には強くて、まるで岩みたいに頑丈。
日曜日なんかにプラテーロにまたがって村のはずれの小道を散歩すると
こざっぱりした服を着てのんびり日曜日を過ごしている村のお百姓さんたちが見て
まるで鋼(はがね)の体だね、と言ったりする。
鋼、そう鋼、まるで月のような銀色の……

ファン・ラモン・ヒメネス（Juan Ramón Jiménez Mantecón 一八八一～一九五八）は、スペイン、アンダルシア地方のウエルバ県の小さな街、モゲール出身の詩人。若くしてマドリッドに出て詩作を始めるが、信頼していた父の死後、体調を崩し、精神的な病を患うなどしながら詩作を続けたのち、療養のために都会を離れてしばらく故郷のモゲールで暮らした。「プラテーロと私」は、その時の日々を書いた詩文。なお愛するロバの、プラテーロ（Platero）という名前はスペイン語で銀細工師を意味する。

夕暮れ時のいろんな遊び（3）

夕暮れ時。
プラテーロと私が枯れてしまった川のそばの冷たくて薄暗い寂しい路地に入ると
貧しい家の子供たちが乞食の真似をして遊んでいた。
一人の子どもが誰かの頭にずたぶくろをかぶせたり
かぶせられた子供が、見えないようと騒いだり
一人の子が足が不自由な子の真似をして足を引きずって歩いている。
かと思えば、子供というのは気が変わるのが本当に早い。
今度はみんなで王子さまごっこ。
靴は履いてるし、服も着てるし、おまけに
母親が持たせてくれた食べ物だって持ってるものだから
みんなすっかり王子さま気取り。
そんなジプシー訛（なま）りの王子さまたちが言う。

僕の父上は銀の時計を持ってお〜る
おいらのところには馬がいるんだ〜よ〜

うちにはピストルが～あるんだぜ～

朝に父親を起こすためにある時計。
人など殺せやしない錆びたピストル、馬が運ぶのは悲しみ。

で、そのあと真っ暗な中で、丸く輪になった女の子たちのなかの
よその街から来た、ちょっとみんなとは違う話しかたをする
みんなから青い鳥と呼ばれている人の姪っ子が
ちょっと弱々しい、陽の当たらない水のなかの一すじのガラスの糸のような
ほとんど聴き取れないほどのか細い声で歌うようすは、まるで王女さま。

わらわは～
オレー伯爵に先立たれてしも～うた～
やもめちゃまであるぞ～え～

そう、それでいい。歌いなさい貧しい子どもたち。
すぐに大人になってしまうのだから。
仮面を被った冬の後、春には、そんな真似なんかしなくても
自分たちが乞食となんにもちがわないことに気づかされてしまうのだから……
さあ行こう、プラテーロ。

日蝕

なんとなくポケットに両手を入れたとき、急におでこが
それまで感じたことのない気配を感じて心臓が少しドキドキした。
なんだか深い松の林の中に入り込んだみたいだった。
ニワトリたちは、一羽また一羽と止まり木に上り
まわりの野原の緑に影が差して
まるで祭壇が大きなベールで覆われてしまったみたいだった。
遠くの海が白く見え、星の光もいくつか見えた。

屋上のテラスにいた私たちは
白いアンダルシアの家の屋上の白を真新しい白に塗りかえていったかのような
日蝕になって、そしてだんだんもとどおりに明るくなっていった間の
なんともいえない静けさの中で
よくわからないようなことを口々に叫び合っていた。
ある者はオペラグラスで、ある者は双眼鏡で、あるものは瓶をかざし
ある者は煤をつけたガラスで、みんなで太陽を見上げた。

（4）

ほかにもいろんなところから
見張り塔からとか、階段からとか、納屋の窓からとか
パティオの入り口からとか、それぞれが赤や青のガラスなんかを手にして……

姿を隠すほんの少し前まで太陽は
金色の光の魔法で、あらゆるものを、二倍三倍
もしかしたら百倍くらい大きく良く見せていたのに
その光がなくなってしまった薄明かりの中では
まるで全ての価値が減ってしまったような
銀を銅と交換してしまったような感じがした。
なんにも変わってなどいないのに街中がまるで濡れた子犬のようになって
ずっとそのままでいなくちゃいけないような気持ちになって
路という路が、広場が、塔が、山へと続く路が
何もかもがちっちゃく見えて悲しくなった。

プラテーロだって、家畜小屋の中できっと
なんだかいつもと違って小さくなって、本当のロバには見えない
切り紙細工のロバみたいになってしまっていただろうね
ほかのロバたちもね……

スペインの家々の屋根は、円筒を半分に割ったような、赤茶けた瓦で葺かれていることで有名だけれども、少し大きめの家や集合住宅などの場合は、屋上が平らなテラスになっている場合が多い。テラスには家々の壁と同じように石灰が塗られていて白い。これは強い太陽の光をはね返すためだが、当然のことながら、光を返す壁やテラスは真っ白に輝いて眩しい。この詩文の中の、真新しい白に塗りかえて行ったかのような、という言葉には、白く輝いていた壁やテラスが日蝕の後、前にも増して強く眩しく目に痛いほどに輝いて見えたという、スペインならではの感じがよく表れている。

なお、本書の舞台であるヒメネスの故郷モゲールは、アンダルシア州、ウエルバ県にある小さな街。スペインやイタリアの街には、たとえ規模が小さくても、一般に街としての佇まいが備わっている。高台に石造りの住居やパン屋などの生活空間が密集し、街の中心には教会やお城がある。街全体が城壁に囲まれていることも多く、農地やワイン畑などが街を取り巻いている。こうしたつくりは、より小さな、日本では村というべき規模の集落でも基本的には同じで、多くの場合、教会や雑貨屋やパン屋や、生活用品や食料などを売るコルマード(Cormado)や人がたむろする食料品店を兼ねたバルや酒蔵(ボデガ)など、生活を成立させる必要最小限の社会的要素、いわば街的な機能がささやかながら備わっていて、それぞれが独自の文化的風土やプライドを持ってもいるので、スペインの小さな街には、日本語の村や町とは少しニュアンスが異なる風情がある。したがって本書ではモゲールを街と表記する。

託児所 （6）

プラテーロ、もしもお前がほかの子供たちと一緒に託児所に行っていたら
ａｂｃを覚えたりするんだろうか。
お習字のノートで字を書く練習をしたりするんだろうか。
だってお前は、蝋でできたお人形たちの中のロバみたいに
いろんなことを知っているものね。
お人形たちの中のロバというのは、ほら海の妖精の
頭を花輪で飾って綺麗な服を着ているセイレーンの友達のロバのことだよ。
緑色の水の入った飾りガラスの中の、体もどこもかしこもバラ色と金色の
妖精セイレーンのそばにいるロバのことだよ。
もしかしたらプラテーロ、お前はお医者さんやパロスの港の牧師さんなんかより
ずっといろんなことを知っているかもね。

でも、まだ四歳でしかないのにプラテーロ
こんなに大きくて、きゃしゃでもないお前は
いったいどんな椅子に坐ってお勉強をすればいいんだろうね。

どんな机で字を習ったらいいんだろうね。
ノートだってペンだって、お前にぴったりのがあるだろうか。
子供達がみんなで賛美歌を歌う時
ちっちゃな子供達の輪の中の、どこに入って歌を歌ったらいいんだろうね。
宗派なんてものもないしね、お前には。
いやいや、託児所のドミティーリャ先生だったら
黄色の紐のついた濃い紫の、ナザレのイエス派の神父さんの服みたいな
魚屋の親方連中みたいな服を着たあの先生だったら
もしかしたら二時間もお前に、バナナの木のあるパティオで
じっとひざまずいていなくちゃいけない罰を与えるかもしれない。
乾いた長いサトウキビで、お前にお仕置きするかもしれない。
もしかしたら、お前のお弁当のおかずを食べちゃうかもしれない。
それどころか、お前の尻尾の下にメラメラと燃える紙を置いたりするかもしれない。
そんなことをされたら、お前の耳は
雨が降りそうになってきた時の車屋の息子みたいに
真っ赤に火照ってしまうだろうね。

駄目だ、プラテーロ、駄目だ。
お前はいつだって私と一緒にいなくちゃいけない。
お前には私が、花のことや星のことを教えてあげるから……

そうしたらお前は図体ばかり大きい愚かな子供みたいだと笑われたりしないから。
誰もお前をちゃんとした名前じゃなくて、おいロバとか呼んだりしないから。
目のところに、船の舳先に描かれた青色と土色で目みたいな
大きな穴を開けた、おまけに垂れ下がった耳までついた
変な頭巾を被せられたりしないから。

託児所と訳したタイトルのLa Migaは一般には、パンくず、というような意味。スペインでは、小さい子供を預かって、しつけや読み書きを教えたりする託児所や幼稚園や小さな子どものための学校のような役割を持つ場所を、教会や役所や慈善団体などが提供したりするが、そこでは多くの場合、神父さんやシスターなどのキリスト教関係者が先生を務める。

ヘンナヒト

真っ黒な服を着て、ナザレ人みたいな髭を生やして
薄っぺらい、いつもの黒い帽子をかぶり
灰色の柔らかな毛並みのプラテーロにまたがって路を行けば
みんなから変な人だと思われるのはしようがない。

葡萄畑を通り、村のはずれの路を渡る。
太陽の光の漆喰壁の白、ジプシーのちびっこたち。
テカテカの顔にモジャモジャ頭の、緑や赤や黄色のボロを身につけた
焦げたトーストみたいな色のお腹を膨らませたちびっこたちが
私たちの後を走り回りながら、声を長く伸ばして囃したてる。

ヘーンナヒ〜ト〜、ヘーンナヒ〜ト〜、ヘーンナヒ〜ト〜

目の前には草原、もう、あたりいちめんが緑。
見上げれば、どこまでも広がる燃え上がるような藍色の、これこそが空。

(7)

目を見開けば、いつのまにか耳からはもう何も聞こえず
それぞれ名前があるわけではないけれど、気高く静かに目に映る
のどかで素晴らしく調和がとれた
果てしない地平線の向こうにおられる神さまの計らいのような景色たちを
目がしっかりと受けとめる。
そして、はるかかなたの小高い畑から小さくぼんやりと
まるで遠い昔から聞こえて来るような、ちびっこたちの甲高い声。
とぎれとぎれに聞こえてくる、ちょっとなげやりで
なんだかもう飽きてしまったかのような声。

ヘーン　ナ〜　ヒト〜、ヘーンナ　ヒト〜

ヘンナヒトと訳したel locoというスペイン語は、狂人、と訳されるのが一般的だが、多くのこうしたスペイン語の呼称がそうであるように、使われ方や意味のありようは極めて広く、誰かが変なことをした時などは、バカだなーとか、ヤバイよ、といったニュアンスで、ほとんど感嘆詞のように用いられたりもする。ここではジプシー（ヒタノ gitano）の子供達が、いつも黒い服を着てロバに乗って、何の仕事をするでもなく、あちらこちらをうろうろしている、普通の人から見れば変人のヒメネスをからかっているようすが描かれているので、ヘンナヒト、とした。

実ったイチジク

夜が明け始めたばかりの、霧が深く立ち込めたあけぼの時。
イチジクを採るにはとてもいい時間。
そこで私たちは六時に、イチジクを食べにリカ葡萄園に行った。
葡萄畑の中にある何百年もの樹齢の大きなイチジクの木の下には
冷たそうな影がまるでスカートのように広がっていて
その影の中では、灰色の太い幹が絡み合って豊満な脚のように見える。

あのアダムとエバが身につけたといわれてもいるけれど
夜の眠りを眠った後の大きなイチジクの葉はやわらかな緑の葉が朝露に覆われて
遠くからは、うっすらと青白く見え
まるで真珠をちりばめた繊細な布をまとっているかのよう。
そんなエメラルドのかけらのような色の葉が茂るイチジクの木の下の向こうに
薔薇色に染まり始めた朝焼けが見える。
朝が刻一刻と目を覚まし、東洋の白く透き通ったベールのようになっていく。

(9)

狂ったように駆け出す私たち。
誰が一番早く目指すイチジクのところに行けるか。
最初にイチジクの実のなる葉に触れたのは、私と一緒に駆けたロシージョ。
笑いながら息を切らして苦しそうに、ここに触って、と言いながら
私の手を自分の胸の心臓のところに当てる。
幼い胸が、小さなところに閉じ込められた波みたいに激しく波打っていた。

ちっちゃくて太ってて、走るのがあんまり得意じゃないアデラが
遠くの方で怒ってる。
私はプラテーロが退屈しないように
よく熟れたイチジクを古い切り株の上に置いて、プラテーロにあげた。

そのうちアデラが、のろまな自分に腹が立ったのか
口元には笑みを、でも目には涙を浮かべて、イチジクのぶつけっこを始めた。
投げた一個が私のおでこに命中し、ロシージョと私も参戦した。
あんなにたくさんのイチジクを、口ででではなくて
目や鼻や袖や襟首で食べたのは初めてだった。
みんなで大声をあげて、一度も休戦せずに戦ったものだから
すがすがしい朝の葡萄園に、的が外れたイチジクの実がいっぱい。
そんな外れた実の一つがプラテーロに当たった。

びっくりしたプラテーロはかわいそうに、よけることもやり返すこともできない。
で、私が味方になってやったものだから
透き通った大気の中を、イチジク弾が四方八方、雨あられと飛び交った。
しばらくして、疲れ切って坐り込んだ二人の女の子の
まざり合って一つになった笑い声は
いかにも女の子らしい降参の表し方だった。

教会の鐘の音　(10)

ごらんプラテーロ、あたり一面、どこもかしこも
まるで降りしきる薔薇の雨だよ。
青い薔薇、白い薔薇、色のない薔薇。
まるで空が砕けて薔薇の花となって降るかのようだよ。
ほら顔も肩も手も、みんな薔薇の花でいっぱいだよ。
こんなたくさんの薔薇を、私はどうしたものだろうね。
この柔らかな花がどこから来るのかを
私にはわからないけれど、お前なら知っているのかな？
見てると、この世のものとは思えないような、この心地よい薔薇色や白色が
日ごとに、なんだかどんどん美しくなっていくように思える。
まるでフラ・アンジェリコが、ひざまずきながら描いた
見れば見るほど美しく思えてくる天国の絵のようだよ。

天国の七つの回廊でつくられた薔薇が地上に向けてばら撒かれるから
それが淡い薔薇色の雪のように降り注いで

教会の塔や、家々の屋根や、木々の上に積もるんだろうね。
ほらごらん、なんて繊細な衣装だろう。
ほら薔薇色が、薔薇色が、どんどんどんどん増えていくよ。

まるでプラテーロ、教会の鐘の音が鳴っているあいだは
私たちのちっぽけな現世の、価値という価値が意味をなくしていくようだね。
それで、もっと深いところにあるそうじゃない力
何かもっと大きくて、変わることのない、もっと純粋な
あらゆることの源のような、そういう何かがいっぱいふりまかれているみたい。
きっとそれが天に昇って星になるんだろうね。
それが今、燃える薔薇のように私たちのまわりに降り注いでいるんだろうね。
ほらまた薔薇が降ってきた。
お前の目も、もちろん自分では見られないだろうけれどプラテーロ
優しく空を見上げて、まるで綺麗な薔薇のようだよ。

気弱な気持ち

ねえプラテーロ、お前がもし私より先に死んだとしても
そんなことはないと思うけれど、私のプラテーロは
役場の荷車なんかに乗せられて
あのだだっ広いジメジメした沼地なんかには行かない。
かわいそうなほかのロバたちや愛してくれる人が誰もいない馬や犬たちのように
山に続く谷間なんかにも行かない。
そんなところで、カラスにお前の肋骨を血まみれにされて
真っ赤な夕焼け色に染まった舟の竜骨みたいになんかならない。
朝の六時の汽車に乗ってサンファンに向かう行商人のための
見るに耐えない芝居みたいに人の目に晒されて目を背けられたり
秋に松林に松の実を取りに行き
傾斜地の木に登って下を見た無鉄砲で好奇心でいっぱいの子供たちが
木の上から、斜面の下の溝の中に腐ったハマグリに混じって
膨らんで硬くなっているお前の姿を見て驚いたりなんかしない。

(11)

心配しなくていいよプラテーロ。
もしもお前が死ぬようなことがあったら
お前が大好きな松の実の採れる松の木がいっぱいある農園の
丸い幹の大きな大きな松の木の下に私が埋葬してあげるから。
お前はそこでずっと人々の素敵な暮らしや晴れ渡った空と一緒に過ごす。
そこでは男の子たちが遊び
女の子たちが体をぴったり寄せて、お前の横の小さな椅子に坐る。
私だって、一人ぼっちになってしまった私の心に浮かんだ詩を
お前に読んであげる。
お前はそこで、収穫したオレンジを洗う娘たちの歌声を聞く。
粉を引く水車の音だって聞こえる。
そんなこんなを、永遠の安らぎの中にいるお前は
そのつどそのつど新鮮な気持ちで楽しむ。
そして一年中、いろんな小鳥たちがやってきて
お前の夢と静けさの上を、つかのまの音楽でおおって永遠の生を祝福する。
そこにいつだってあるのはモゲールの、どこまでも高く青い空。

向かいの家

私が子供の頃には、プラテーロ
私の家の向かいの家はいつも、とても素敵だった。
リベラ通りにあった最初の家の向かいには水屋のアレブーラさんの
小さな家があって、南に面した中庭は陽の光でいつも金色に輝いていた。
私は庭を囲んだ壁によじ登ってウエルバの街の方を見たりした。
ちょっとなら上っていいよと言われたんだ。
するとアレブーラさんの娘
私にしてみればもう立派な大人の女の人で、今はもう結婚しているけれど
今でもちっとも変わらないその人がミカンをくれて
おまけにキスもしてくれた。

それから新市街のヌエバ通り、カノバ通り、フレイ・ファン・ヘレス通りと
名前が変わった通りにあった家の向かいには
セビリアのお菓子を売るお菓子屋のドン・ホセさんの家があって
ドン・ホセさんは、ピッカピカの金色のなめし皮のブーツをいつも

(16)

カナリアみたいな黄色の卵型の天井と
海のような青色で縁取られた玄関のドアのあるパティオで履いていた。
彼の庭の竜舌蘭の根元には卵の殻がたくさん置いてあった。
時々は私の家にも来て、父がお金を渡すと、いつもオリーブ畑の話をしてくれた。
私の家のバルコニーから見えるたくさんのスズメたちのいた銀梅花の小さな木
向こうにドン・ホセさんの屋根が見える木の下で
どれほどたくさんの夢物語が語られ
子供の頃の私の心をどんなに揺れ動かしたことだろう。
庭には二本の銀梅花の木があったけれど
私の家のバルコニーからは二本一緒には見えなくて
一本は風に揺れて陽の光を返す木の上の方だけが見え
ドン・ホセさんの庭の方のもう一本はもう一つのバルコニーから幹だけが見えた。

玄関から、窓から、バルコニーから見た静かな路の
夕立の後の、すっきりと明るい午後の数々。

その日その日で、そして時間によって
なにもかも刻々と違って見えた。
本当に不思議だった。
とても素晴らしく魅力的だった私の家の向かいの家。

オツムの弱い子

⑰

家に帰るときには、いつもサンホセ通りを通った。
そこにはオツムの弱い子のいる家があって
その子がいつも家の前で椅子に坐って路を行き交う人たちを眺めていた。

その子は可哀想に、大きくなっても言葉を覚えることができないような
成長する喜びを与えられることのない
元気だけれども、見ているとちょっと可哀想に思えてくるような
誰のためにでもなく
ただただその子のお母さんのためだけに存在しているような
そんな子だった。

ある日、あの黒い風が吹いた日に
白い家が立ち並ぶ白い路を歩いて行ったとき、その子の姿がなかった。
一羽の鳥がその子の家の入り口で寂しそうに鳴いていた。
私はガリシアの詩人のクーロのことを思い出した。

クーロは自分の息子がいなくなった時
ガリシアの蝶々にこう呼びかけた。

　戻っておいで、金色の衣を着て……

また春がやってくる。
春が来るといつも、あの子のことを考える。
サンホセ通りから天へと昇ったあの子のことを。
いまも椅子に坐っているだろうか。
たった一本だけあった薔薇の木のそばで、いつもと同じように
両のまなこを見開いて
金色の光が行き交うのを、眺めているだろうか。

紅い景色

山の頂。
山の頂に太陽が沈む。何もかも紅紫。
自分の内にあるガラスで傷ついたかのようにどこもかしこも血だらけ。
光の輝きで、松林の緑が色を失い、ぼんやりと赤に染まる。
草も花々も、燃え上がるような透き通った紅。
ふと、染み入るような、そしてキラキラとした
湿った香りの精のようなものが静かに漂う。

そんな夕暮れにうっとりとする私。
黒い目を紅く染めたプラテーロが黙って
薔薇色のようなスミレ色のような紅に染まった水たまりの方に行く。
そんな鏡のような水の中にプラテーロが口を沈める。
その瞬間、鏡が液体に変わる。
プラテーロの大きな喉へ
たくさんの血のような色の水が入っていく。

(19)

見慣れた景色であるはずなのに
今のこの一瞬は、なんだかとても不思議な
これまで見たこともない
刻一刻と崩れ落ちていく壮大な宮殿を見ているかのよう。
だから、誰もいないこの宮殿をつぶさに見に行こう。
でないと、今日のこの午後のひとときが過ぎ去ってしまう。
永遠というものに染まった時間が
深遠で一生忘れることのない安らぎのひとときが、どこかに消えてしまう。

さあ行こう、プラテーロ。

オウム

プラテーロとオウムと私とが
友人のフランス人の医者の果樹園で遊んでいた時
取り乱したようすの若い女が私たちの方に坂を降りて近づいて来ると
私のそばに来る前に、いかにも不安そうな顔をして
苦しげに、強い訛りのある話し方で言った。

　ワカ旦那、イシャは、向こうか?

彼女の後には、何人かの汚れた服を着た男の子たちが
息をハアハアさせながらついてきていて
みんなで坂の上の方を見ていた。
何かと思えば、何人かの男たちが
衰弱して蒼ざめた一人の男を連れてやって来る。
男はドニャーナ禁猟区で密漁をしていたのだが
鉄砲、それも銃身と台座を縄でくくりつけたような

(20)

どうしようもないガラクタ銃を持っていて
それが暴発して、鉄砲玉が腕に当たってしまったのだった。

すぐにやってきた友人は
傷口に当ててあったボロ切れを優しく取ってやり、血を洗い
男の腕の筋肉や骨を触ってようすを見ながら時々フランス語でこう言った。

　ナンデモナイヨ。

日が暮れ始めていた。
ウエルバの街の方から沼地特有のタールと魚の混じったような匂いが漂ってきた。
オレンジの木には、まあるいオレンジの実があって
エメラルド色のきめの細かなビロードのような実が
薔薇色の沈む夕陽を受けていた。
リラの木の、花と葉の間には赤と緑のオウムがいて
まん丸の目を見開いて、興味深げにウロウロしていた。
可哀想な鉄砲男の涙にも陽が差して
男の口からは時々、息を殺したようなうめき声。
そしてオウムの口からは

ナンデモナイヨ、ナンデモナイヨ
友人が傷口に包帯を巻く。
哀れな男が悲鳴をあげる。

イテエーッ

リラの花の中からオウムの声。
ナンデモナイヨ、ナンデモナイヨ

屋上テラス

プラテーロ、お前はまだ一度も屋上に上ったことはないよね。
だからわからないだろうけれど、屋上のテラスでは思いっきり深呼吸ができる。
薄暗い小さな木の階段を上って屋上に出た途端
昼の真っ盛りの太陽の光で焼け焦げてしまいそうになる。
空の中にいるようで、空の青で溺れてしまいそうになるし
テラスの床に塗ってある石灰の白で、一瞬、目が見えなくなる。
雲から落ちてきた水が綺麗なままで地下水槽室に流れていくように
レンガづくりの屋上テラスの床には石灰が塗ってあるからね。

屋上って、なんて素晴らしいんだろう。
鐘楼の鐘の音が心臓と同じ高さから聞こえてきて
まるで自分の胸の中でなっているみたいに響く。
だから胸がドキドキして、目がキラキラしてくる。
遠くの葡萄畑にある大きな鎌が、ピカッと、金色や銀色に光るのが見える。
屋上からはなんでも見える、ほかの家々の屋上も庭も……

(21)

そこではみんな、それぞれせっせと自分がやるべきことをやっている。

椅子を作る職人、ペンキを塗る塗装工、樽をつくる職人。

牛やヤギがいる大きな畜舎のある牧場の木々の広がり。

ときどき黒い喪服姿の人たちが教会の下働きの陰気な墓掘り人と一緒に
小さくひとかたまりになってやってくる墓地。

開いた窓から下着姿の娘が見える。

なんにも気にしないで、髪を梳かしながら歌を歌っている。

川に漕ぎ出そうとしている船が見える。

穀物小屋のあたりで音楽家が一人でコルネットを吹く練習をしている。

別の穀物小屋のそばでは二人だけの世界に閉じこもって何も目に入らず情熱的に愛し合う二人。

屋上にいると、その下にあるはずの家全体がまるでないもののようになってしまう。

なんて不思議なんだろう。
天蓋(てんがい)のあるパティオのガラスの下にはいつだって人々の日々の暮らしがあり
いろんな言葉が交わされ、いろんな音が行き交う。
そこに居ればとても美しい庭の中でも
そんなことが、まいにち行われているんだものね。
そうでしょうプラテーロ。
私には目もくれないで水槽の水を飲んだり
スズメやカメと夢中で遊んだりしているお前だって、そう思うでしょう。

ドン・ホセ神父

ほらプラテーロ、神父のドン・ホセがまた
なにやら蜂蜜みたいに甘い言葉を口にしながら誰かに聖油を注いでいるよ。
だけどねプラテーロ、本当のことを言うとね
天使みたいなのはいつだって、彼の乗る雌ロバの方だよ。
お前だって一度は果樹園で見たことがあると思うけど
水兵みたいなズボンを履いて、おおきな帽子をかぶって
果樹園のオレンジを盗むおチビちゃんたちに石を投げつけるみたいに
ドン・ホセが言葉のつぶてを投げつけているのを
何回も何回も、千回くらいは見ているはずだよ。
金曜日には、かわいそうに小作人のバルタサールなんか
ひどいヘルニアを患っているのにゴロゴロ石の道を、サーカスの玉乗りみたいに
ヘルニアに気をつけながら、どうしようもない箒(ほうき)を売るために
あるいは貧乏人や金持ちの葬式で一緒に祈りを捧げるために
果樹園から街まで行かなくちゃならない。

(24)

それにしてもプラテーロ、お祈りの時、あんなひどい言葉を
あんなに大きな声で言う神父なんか世界中探したっていないよ。
まあ彼は、五時のミサで毎日まいにち自分で繰り返し繰り返し言っているからには
天国のどこになにがあってそれはどうしてかというようなことを
確かに知っているのかもしれないけれど、でもねプラテーロ
木や大地や風や蠟燭（ろうそく）の炎などの素晴らしいものたち
優しく清々しくて純粋で生きいきとしたものたちも
あの人にとっては、どうしようもないほど無秩序で、かたくなで
冷酷で暴力的で、壊れてしまったもののように見えるんだろうね。
だって彼の果樹園の石という石は毎晩まいばん違う場所で寝なくちゃいけない。
昼の間に石たちはみんな彼の手で、恐るべき敵意とともに
セキレイなどの鳥たちや子供たちや花たちに向かって投げつけられるからね。

なのに、お祈りの時刻になると全てが変わる。
急に神妙になったドン・ホセのだんまりが、その静けさが
静まり返った果樹園の中で聞こえるかのよう。
ドン・ホセは法衣を着て、マントと聖職者の帽子をかぶり
家を出ると、ほとんど周りを見ることもなく
ノロノロと歩く雌ロバに乗って薄暗い町に向かう。
死が待ち受けるエルサレムにロバに乗って入るイエスさまのようにね。

春

ああ、なんという輝きと香り。
ああ、牧場という牧場が微笑んでいる。
ああ、夜が明ける音が聞こえる。（民衆ロマンス歌謡）

朝のまどろみの中で
せっかくの眠りを妨げる
まるで悪魔に取り憑かれたかと思うような子供たちの騒ぎ声。
結局、それ以上は眠ることができずに目が覚めてしまった。
仕方がないので、ベッドの上で開いていた窓から外を見てみれば
騒いでいたのは鳥たちだったことがわかった。
果樹園に行くと鳥たちが
真っ青に晴れた日を神に感謝して歌っていた。
鳥たちの自由な、清々（すがすが）しくて終わることのない
可愛いくちばしたちのコンサート。
井戸の中の巣から聞こえてくるツバメの気まぐれな囁き。

（25）

九官鳥が地面に落ちたオレンジの上に乗って鋭い鳴き声をあげ
燃えるような色をしたウグイスが樫から樫へと渡ってさえずる。
ユーカリの木のてっぺんでヒワが長くか細い声をあげて笑う。
大きな松の木ではスズメたちがとんでもない言い争いをしている。
その日の朝ときたら
太陽が大地から銀色と金色の喜びとともに昇り
百色もの色の蝶々がそこら中、花や家の周りを舞い踊っていて
ひらひらと、噴水の周りを行ったり来たり。
それこそもう
野原が一気に音を立てて爆発して
健やかで新たな生が湧きかえっているかのよう。
私たちといえば
四方を大きな光の鏡で囲われた空間
まるで熱く燃え上がる巨大なバラのなかにいるかのようだね。

地下水槽室

見てごらんプラテーロ
ほら地下の水槽室が、この前降った雨で一杯だよ。
声を出しても水がないときみたいに響かないし、底も見えないよ。
水がないときに覗き窓から見ると
窓の黄色や青色のガラスを通った太陽の光が
色とりどりの宝石のように水に映って見えるのにね。

お前は一度も水部屋に降りたことはないよねプラテーロ、私はあるよ。
何年も前のことだけど、空っぽになった時に降りてみたんだ。
長い回廊みたいな通路があってね、その先に小さな部屋があった。
そこに入ると、持っていたろうそくが突然消えてしまった。
おまけに一匹のヤモリが私の手の中に飛び込んできた。
つまり二つのとんでもない恐怖が二本の剣みたいに私の胸で交差して
私を震えあがらせたってわけさ。
ほら骸骨の下に二本の交差した骨がある、あんな感じだよ。

(26)

知ってる？　プラテーロ
どこの家にも地下水槽室があるし
街の下はどこもかしこも、地下水槽室と
それらをつなぐ通路になっているんだよ。
中でも一番大きいのは旧市街のお城の広場の
サルト・デル・ロボのパティオの下にある地下水槽室。
一番素敵なのは私の家のだけどね。
だって見てごらん
水の汲み出し口は白い大きなアラバスター大理石でできていて
彫刻まで彫られてる。
教会の地下水槽室の回廊なんかプンタレス葡萄園の下まで続いていて
そこに果樹園のための井戸がある。
そこからさらに川にまでつながっているんだよ。
病院の下の地下水槽室なんて、水路がどこまで伸びているかわからないから
誰もその中を歩いてみようなんて思わないくらいなんだよ。

覚えているのは、私が子供だった頃のこと。
夜通し雨が降った夜に私は屋上のテラスから地下水槽室に水が落ちていくときの
誰かが泣いているかのような音で目を覚ました。

朝になると私たちはバカみたいに
水がどれくらい溜まったかを見に行ったものだよ。
水は、今日と同じように縁まで一杯になっていて
私たちはびっくりして、みんなで、わあーっと大声をあげた。

ところでプラテーロ
いま私がお前にあげようとしている新鮮で透きとおったこの手桶の水。
この同じ手桶で水を、この前ヴィジェガスさんも飲んだけど
その時、あの人ときたら手桶の水をぜんぶ一気に飲んじゃった。
可哀想にヴィジェガスさんの太った体は
コニャックや強い蒸留酒のアグアディエンテでいっぱいで
喉がカラカラだったんだよ。

その時、大きな雲がベールのように太陽を覆った。
殺された犬の目が死者を弔う小さな布で覆われたようになった。
ユーカリの木が海からの風に吹かれて泣いていた。
風はひと風ごとに激しくなり、嵐になろうとしていた。
真昼の果樹園はそれでも金色に輝いていたけれど
死んだ犬の上には、押し殺したような深い静けさが漂っていた。

古池

ちょっと待ってて、プラテーロ。
なんなら、そっちの柔らかい草のところにいてもいいからしばらく
この美しい古池を見させてよ、もう何年も見ていないんだから。
ほら、この太陽の光。
水の中にまで差し込んで、金緑色の池の底までもが見えるよ。
池のまわりに、清々しい天上の百合のように咲いている花たちが
まるでうっとりと物想いにふけっているかのようだよ。
ビロードを敷き詰めた階段がどこまでも続く迷宮。
あるいは、ありとあらゆる表情を持った不思議な洞窟。
その中で溢れる創造力を駆使して絵を描く画家がいるという
そんな伝説の洞窟のよう。
もしくは、緑色の大きな目の王女の
決して晴れることのない憂鬱が創り出した美の女神の庭のよう。
でなければ、崩れかかった王宮の流れ落ちる水が
いつか見たあの午後の海みたいに夕陽を映して……

(28)

ほかにもいろんなことが、いっぱい浮かんでくるよ。
どこまでも透明な膜の向こうから
刻々と逃げていく美を垣間見せてくれる誰にも盗むことのできない夢。
一時間ものあいだ、私が心の痛みを抱えながら見続けた
どこにあるともわからない忘れられた庭に咲いていた百合。
私が私の記憶の中に確かに描いた絵。
何もかもがとても小さいけれど、でも何もかもがとても大きい。
だってすべては、遠く離れたところにあるから。
数え切れないほどの気持ちや感覚に繋がる心の扉の鍵。
熱に浮かされた、年老いた魔法使いがつくりだした宝石。

この古池はプラテーロ、私のかつての心なんだよ。
そう思ったんだよ。
この古池は、あらゆるものが凝縮された不思議な孤独感で私の心を
毒のある美のように魅了したんだ。
でも、ひとりの人の愛が、傷ついた私の頑なな心の扉を開いてくれた。
堤防の扉を開けたみたいに毒されていた私の血が流れ出たんだ。
プラテーロ、それはなんだか美しく透き通った水がサラサラと
まるで金色に輝く晴れ渡った春の四月の時の中で
大草原を流れる小川の水のようだったよ。

だからねプラテーロ、こうしてときどき
過去の私の蒼ざめた手が私を一人ぼっちの緑色のあの古池に連れてくるんだよ。
そして、その時のなんともいえない気持ちを
こうして思い出させてくれるんだと思うよ。
この池はね、シェニエの牧歌詩の中のフレーズ
ギリシャ神話のヒュラスがアルシデスに
心の痛みを和らげて、と水の中から呼びかけるフレーズを思い出させてくれる。
あの詩は、お前にも声に出して読んであげたことがあるよね。
それはお前にとっては、どうだっていいことだったかもしれないけれど……

ヒュラスは、ギリシャ神話の中の、アルシデス（ヘラクレス）に寵愛された美青年で、ある日、共に森に入った時、ヒュラスは、彼のあまりの美しさに魅了された水の妖精（ニンフ）たちに湖の中の世界に引き込まれてしまう。ヒュラスの姿が見えなくなったことに気づいて悲しむアルシデスにヒュラスは水の中から、心の痛みを和らげようとアルシデスに呼びかけるが、その声はアルシデスには届かない。

ヒメネスは、故郷のモゲールにある古池とシェニエの詩とヒュラスの物語、そして、かつて精神の病に苦しみながら、のちに妻となる女性セノビア・カンプルビとの出会いによって病を癒した経験を持つ自らを重ね合わせている。

なおシェニエ（アンドレ・シェニエ）は、ギリシャ神話などを題材にした牧歌詩で知られ、彼の人生がオペラにもなったイスタンブール生まれの詩人。フランス革命時にパリで活躍したが、ジャコバン党のいわゆる恐怖政治の犠牲になり、国家反逆罪の汚名を着せられて断頭台で処刑された。

四月の牧歌詩

子供達と一緒にポプラの木の小川の方に行ったプラテーロが
背中に花束を積んで、こちらの方に駆け足で戻ってくる。
子どもたちのたわいのないふざけっこ、大小不揃いの笑い声。
向こうの低地で雨に降られたんだね。

すぐに形を変える雲が、あの緑の野原に金糸銀糸の雨を降らせて
景色にうっすらと雨の薄衣をかぶせる。
その向こうには、感傷的な詩に浸ってむせび泣くような虹。
その虹が、まるで竪琴の糸のような雨に震えているようにも見えた。
その景色はまるで、すがすがしくて楽しくてセンチメンタルな牧歌詩。
ロバのプラテーロのいななきさえ
花束から甘い水がしたたり落ちる中では、なんだか優しく聞こえる。
プラテーロが時々、首を回して
背中に乗せた花束のなかの、自分の口に触れた花を引っこ抜いて食べる。
白や黄色の風鈴草が、しばらく緑がかった白いヨダレのなかにいて

(29)

そして腹帯を巻いたお腹の中に。
花を食べたりする人なんてどこにいるんだろうかと思えば
なんとここにいたんだね、プラテーロ。
でもお腹を痛めたりしないでよ。

四月とは思えない日の午後。
活きいきしたプラテーロの目が、ずっと太陽と雨を映していた。
そんななかでサンファンの牧草地の上にやってきた、もう一つの薔薇色の雲。
ほらまた雨が降る。

カナリアが逃げた

ある日、緑色のカナリアが
どのように、そしてどうしてかはわからないけれども、カゴから逃げた。
年老いたカナリアだった。
ある女性の死の悲しい形見だった。
私がそのカナリアをカゴから出して自由にしてあげなかったのは
飢えて死んだり、寒さで死んだり
猫に食べられて死んだりするのが怖かったからだ。

カナリアは午前中ずっと、果樹園のザクロの木々のあいだや
玄関のところにある松の木やリラの木のあたりにいた。
子どもたちも一緒に午前中ずっと、私と同じように
中庭の回廊のあたりに坐りながら、
黄色い小鳥がひらりひらりと飛び回るのを見ていた。
放っておかれたプラテーロはといえば
薔薇の木のところで手持ち無沙汰に一羽の蝶々と遊んでいた。

(30)

午後にカナリアが、母屋の屋根のところにやってきて
そこで長いあいだ、傾きかけた太陽の生暖かな光の中で体を震わせていた。
なのに気がつけば、どのように、そしてどうしてかは誰にもわからないけれども
カナリアはいつのまにか、庭にかけられていたもといたカゴの中にいた。
庭じゅう喜びでいっぱい。
顔を暁みたいに紅く染めた子どもたちが笑顔で手を叩いて飛び上がり
雌犬のディアナが狂ったように子どもたちと一緒になって
嬉しそうな声でクビにつけた鈴を鳴らして吠え回る。
プラテーロはといえば、同じように歓喜が乗り移ったのか
銀色の体を波打たせ、子山羊みたいに後ろ足で立ち上がって
まるで下手くそなワルツを踊るみたいにくるくる回ったり
前足に体を預けて後ろ足を、優しく明るい風の中に蹴り上げたりなどして
ぴょんぴょんぴょんぴょんぴょん飛び跳ねていた。

自由

小径(こみち)の花に気を取られていた私の意識を
一羽の、光のなかの小鳥が覚ました。
小鳥は、草原の緑のくさいきれのなかにいて
なんとか不自由な状態を脱して、極彩色の羽根で飛ぼうとしていた。
私たちは、私が前に、プラテーロが後になってそっと近づいた。
そこには、暗い水飲み場があり、そして
心無い少年たちが仕掛けた小鳥を獲るための網があった。
網に捕らわれた小鳥は可哀想に網からのがれようとしながら虚しく
空を飛ぶ仲間たちを呼んでいた。

どこまでも青く澄みわたった明るい朝だった。
隣の松林の方から鳥たちの奏でる美しく軽やかな歌声が
優しい朝の海風にのって聞こえてきた。
歌声は、風にゆれる松の梢にゆられて近くなったり遠くなったりしながら
それでもずっと聞こえていた。

(32)

可哀想なコンサート、悪巧みのすぐそばの無垢な歌声。

私はプラテーロにまたがり、急いで松林の方に向かった。
うっそうと生い茂った松の天蓋の下に着くやいなや
私は手を叩き大きな声で歌った。
プラテーロも一緒に、ひと声ふた声、荒々しい声をあげた。
その音が、まるで大きな井戸の底にいるみたいに強いこだまとなって松林に響き
鳥たちは歌いながら、もう一つの松林の方に飛んで行った。

野蛮な少年たちが遠くから私たちを罵る声が聞こえた。
プラテーロは、胸が痛くなるほどに
柔らかな毛の大きな頭を私の心に押しあてて私に寄り添ってくれた。

ハンガリーから来たジプシー家族

（33）

ごらんプラテーロ、陽の当たる歩道に家族みんなで寝そべっているよ。
まるで体と一緒に尻尾も横たえた疲れた犬たちみたいだね。
泥でできた彫刻みたいな娘は
赤と緑のハギレを継ぎ合わせた毛糸の服を身につけているけれど
あんまりだらしなく着ているものだから赤茶けた銅色の裸の肌が丸見えだよ。
焦げ付いた鍋の底みたいな黒い手には乾いた草。
長い髪が体全体をおおっている女の子は、寝っ転がったまま壁に墨で
なにやらよくわからない妖しげな画を描いている。
男の子の方は、寝ながらおしっこをするものだから
まるで噴水の水受けに水が落ちるように自分のお腹におしっこがかかっている。
泣いているけど、嘘泣きだね。

男と猿は、男はブツブツ言いながらボサボサの髪の毛を
猿の方はあばらを掻いて
どっちもポリポリポリポリ、まるでギターを弾いているみたい。

時々、男は体を起こして立ち上がり
道の真ん中で、近くの家々のバルコニーを見上げて
やる気などちっともなさそうなようすでタンバリンをパンパン叩く。
こんどは娘が、足をバタバタさせる男の子を抱きながら
あーあ、私のカミサマ、などと
お祈りとは似ても似つかぬ悪態を男の子につきながら
調子外れの歌を、とってつけたように歌い始める。
猿は猿で、自分よりも重い鎖を引きずりながら
これまた合わせるなんてこととは関係なくベルを鳴らし回り
しばらくすると路の溝に落ちている何か食べられそうなものを探す。
三時、停めていた幌馬車が出発して、みんないなくなった。
後に取り残された一人ぼっちの太陽。

見たでしょうプラテーロ、あれが彼らの典型的な家族だよ。
ポリポリ体を掻く樫の木のような男と口うるさい葡萄の木のような女。
二人の子供、彼らの血を絶やさないための男の子と女の子、そして猿。
この世界みたいにちっぽけで弱々しいあの猿が
あの家族みんなを食べさせているんだよ。
虱を取りながらね。

原題の Los húngaros は、ハンガリー人たちという意味だが、ここではハンガリー系の放浪ジプシーを指す。ジプシーは基本的に差別されてきた歴史があるため、最近ではロマという呼称が用いられることが多い。しかしジプシーはヨーロッパ全域に散らばり、彼ら独自の生活をし、音楽や舞踊などの独自の文化を、それぞれの地域で個性豊かに育んでいて、そのような側面を愛する者にとっては（私もそうだが）、ジプシーという言葉に差別的なニュアンスはないので、ここではあえてジプシーとした。東ヨーロッパにもジプシーはいて、特にハンガリー系のジプシーは、今だに幌馬車に生活道具一式を積んで馬車で移動する昔ながらの生活をしている人々も多く、ここでヒメネスが描いているのも、そんな放浪を続ける家族。

なおスペインでは、ジプシーは一般的にはヒタノ（gitano）と呼ばれ、被差別階級ではあるが、カンテ（歌）とギターと踊りが一体となったフラメンコや闘牛などの、主に芸術的な分野で多くのスターを輩出しており、彼ら自身が、自らの存在に開き直った強い誇りのようなものを抱いていて、ヒタノは芸術の分野では独自の存在感を確立している。ヒタノはスペイン全土にいるが、特にイスラム教の影響下にあった時代に花開いたアル・アンダルース文化の拠点であったアンダルシアには多く、彼ら独自の生活スタイルとコミュニティと文化を維持している。定住するヒタノも多く、特に都会では、何代もそこに住み、他の市民とほとんど変わらない生活をして音楽などの分野で活躍する若者も多い。

ここに描かれている流れ者のジプシーは、食べていくのがやっとといった生活をしているようだが、ヒメネスは彼らを蔑視しているわけではない。そのことは、この家族の男親に強さの象徴である樫の木、母親に豊かさの象徴である葡萄の木、という言葉を用いていることでもわかる。

彼女

海からの明るい風が、赤土の坂を登って坂の上の草原に着くと
白くやさしい花たちのなかで微笑む。
そのあと風は、手入れのされていない松林の木々にからみつき
それから風を受けて帆がふくらむように、風で膨らんだ蜘蛛の巣が揺れる。
糸が薔薇色に、金色に輝く。
海からの風は午後のあいだそうしてずっと吹いていた。
心を優しく心地よくしてくれる、太陽と風。

プラテーロが機嫌よく、軽快に、嬉しそうに私を乗せて進む。
私の体重など感じていないかのよう。
まるで坂を下りるかのような足取りで丘を上る。
彼方に、細い帯のような横一線の海がキラキラ白く輝いて見えた。
緑の草原が広がる景色の中で遠くの松林が、緑の海の中の島のように見えた。
丘の下の緑の牧場では、囲いの中のロバたちが草むらを飛び跳ね回っている。

(34)

谷間の方からふと、身を震わせるほどの官能的な気配。
突然プラテーロが耳をそばだて、上を向いて鼻の穴を広げる。
広げた鼻が目まで届きそう。
大きなエンドウ豆のような黄色い歯を
むき出しにしたまま四方の風に気を配り盛んに風を吸い込んでいる。
一体、どうしたというんだろう。
心を貫くような何かを感じたにちがいない。
やっぱりそうだ、向こうの丘の方から、青い空を背景にやってくる。
灰色の毛の、ちょっと細めの、プラテーロの愛する彼女。

二頭のロバのいななきが長く鳴り響く。
トランペットの二重奏のせいで、せっかくの光り輝く時間が台無し。
何もかもが、滝の水のように落ちて砕け散った。
私としてはしかし、何と思われようとも
哀れなプラテーロの本能に反することをしなくてはならない。
麗しの彼女がプラテーロと同じように悲しい気持ちで
彼氏が行き過ぎるの見つめる。
黒玉石のような目にその場の情景が張り付く。
ヒナギクが咲き乱れる中に
激しく空回りする車輪のように虚しく響く神秘の呼び声。

解き放たれた自由な肉体そのもののような本能。

で、プラテーロは、といえば
しょっちゅう駆け戻ろうとして機会をうかがう。
それでも手綱をしっかりと引き締めて前へと進ませようとする私への
非難の表情もあらわに、イヤイヤ少しづつ前に進む。

ナンナンダヨ、ヒドイヨコンナノ、アリエナイヨ……

三人のおばあさん

ほらプラテーロ、土手の上の方に上りなさい。
三人の貧しいおばあさんたちが路を通るから。
海辺の方から、もしかしたら山の方から
長い道のりを歩いて来たんだから。
ほら、一人は目が見えないから
ほかの二人が腕を取ってあげているよ。
お医者さんのドン・ルイスのところか
もしかしたら病院に行くためにやって来たんだろうね。
ほら、あんなにゆっくりゆっくり歩いているよ。
あんなにも用心して、腕を取る二人は一歩一歩
自分たちの動きに気をつけながらやって来るよ。
まるで三人一緒に死んでしまわないかと心配しているみたいだよ。
ほら、みた？　プラテーロ。
手を前に突き出して、まるで風を防ごうとしているみたいだね。
危ないことを、どんなことでも

(36)

これ以上軽いのは無いくらいの花の小枝で起きるかもしれないことさえ
遠ざけようとしているみたいだね、プラテーロ。

ほら、気をつけないと土手から落っこちちゃうよプラテーロ。
おや、おばあさんたちの話し声が聞こえたけれど
なんだかとんでもない言葉遣いだよ
ヒタナのおばあさんたちだったんだね。
着ている服だってボロボロで擦り切れてはいるけれど、でも
水玉模様にフリルがついた、絵に描いたみたいな派手な服だよ。
ほら見た？　プラテーロ、体つきだって
年寄りとはとても思えないほどシャンとしていてハリがあって
腰も曲がっていないよ。
真っ黒に日焼けして、みんないっぱい汗をかいて
真昼の太陽でカラッカラに乾いた土ぼこりで汚れて埃まみれ。
でも先導しているおばあさんなんて
よく見れば、すらっとしていて美しくて
まるで思い出を乾かして固めたような顔立ちをしているね。
ごらんよプラテーロ、あの三人のおばあさんたちを。
どんな確かさや信頼と共に人生を生きてきたんだろうね
あのおばあさんたちは……

優しい揺り籠のような春の麗しい太陽の下で
黄色いアザミの花が育つようなものだろうかね。

ヒタナ（gitana）はスペインの女性のジプシーを表す。男性はヒタノ（gitano）。ヒタノたちは、貧しさや、被差別的な扱いをされることなど、まったく意に介さないような強さを持っていて、しかも昨日や明日に囚われるのではなく、常に今日の、今の瞬間を生きることだけを考え、それを繰り返して生きているようなところがある。それは彼らの表情にも表れる。もちろんそれが、場当たり的な無責任さのかたまりのような表情や粗野な挙動などとなって表れる場合もある。闘牛やフラメンコなどの、一瞬の輝きが価値を持つアートにはヒタノ、ヒタナのアーティストが多く、なかにはハッとするほど毅然としてクールな、何ものにも囚われない強い意志と存在感を感じさせるアーティストたちもいる。

小さな荷車

(37)

雨で川幅が葡萄園のところにまで大きく広がった川の中で
草花やオレンジを山のように積んだ一台の古い荷車が泥水の中で前に進めず
どうにも動きが取れなくなっていた。
泥まみれのみすぼらしい服を着た女の子が
車輪の上にうずくまるようにして泣いていた。
花の蕾のようなちっちゃな胸を車輪に押し当てて荷車を押そうとするけれど
どうにもならない。
荷車を引くロバは小さくて、ああ、プラテーロよりもっとちっちゃくて痩せていて
向かい風のなか、女の子の泣くような声に合わせて
なんとかしようとはするのだけれども、ますますぬかるみに足を取られるばかり。
まるで、言うことだけが勇ましい子どもとか
夏にときどき吹く、途中で花々の中に落っこちてしまって
どこにも吹き抜けていけない頼りない風のよう。
私はプラテーロを、これより優しくはできないほど優しく撫でると

悲惨な目にあっているロバの前にプラテーロをつないだ。
つまり、まるで優しい皇帝が命令するみたいに
プラテーロに優しく、でもしっかり気合いを入れるよう強く命じたのだった。
すると、プラテーロがぐいとひと引きしただけで荷車は泥沼から抜け出し
そして坂を上った。

女の子の嬉しそうな顔。
雨雲のなかに姿を隠した午後の太陽が雲を突き抜けて黄色い光を
涙の向こうから、ありったけの光を放って、輝く虹をつくったみたいだった。
女の子は本当に嬉しそうに笑って、積み荷の中から
重くて丸くて綺麗なオレンジを二つ取って私に手渡してくれた。
私はそれをもらってお礼を言い
一つを、疲れ果てている小さなロバを優しく慰めるためにあげ
そしてもう一つを、プラテーロにご褒美として
金メダルを授与するみたいにしてあげた。

パン

（38）

前に言ったよねプラテーロ、モゲールの心はワインだって。
でも実はそうじゃない、モゲールの心はパンなんだよ。
モゲールは小麦でできた
なかが白くてキメが細やかな、そして表面が金色のパンと同じ。
そう、やわらかな表面は太陽で焦げた色。
午後の太陽が最高に強くて、あらゆるものを焦がすとき
モゲールの街はどこもかしこも、こんがり焼けたパンと松の香りで包まれる。
街全体が一つになって口を開けて
その大きな口が大きなパンを食べているみたいになる。
パンはどんなものとだって合う。
オリーブオイルにつけて食べたり
ガスパッチョにも入っているし、チーズやブドウと一緒に食べても美味しい。
モゲールのパンは素敵なキスのような味。
ワインと一緒に食べても、スープにひたして食べても
ハムと一緒に食べてもいいよね、パンとパンで挟んでね。

もちろんパンだけで食べても美味しいし
まあ言ってみれば、希望とか夢みたいなものだね。

パン屋さんたちが馬車にパンをのせてやって来る。
パン屋さんが来るのを待ち受けている家という家の門口に停まって
手を叩いて大声をあげる。

パン屋だよ〜

腕まくりした腕にさげられたカゴの中の甘いパンや大きなパン
パンとパンがぶつかる乾いた音や柔らかな音が聞こえる。
お金のない家の子供たちが、頃合いを見計らって
お屋敷の入り口の壁にさげられた小さな鐘や
ドアにつけられたノック金具で扉をコンコン叩きながら
家の中に向かって大きな声で催促する。

パンを、ほんのちょっとだけ〜

アグライアー

(39)

プラテーロ、こっちへおいでよ、なんてハンサムなんだろう今日は。
マカリアが今朝よっぽどお前のことを綺麗に洗ってくれたんだね。
お前の体の白いところが真っ白で、黒いところは見事に黒い。
白が真昼の光みたいに際立ってるし、黒は黒で雨が降った後の夜みたい。
ホント、なんて素敵なんだ、プラテーロ。
プラテーロ、恥ずかしがってなんかいないでこっちにおいで。
ゆっくりとね、だってまだ体が濡れてるものね。
綺麗だよプラテーロ、まるで若い娘の裸の体みたい。
顔つきだって、すっかりスッキリしちゃって、まるで明けたばかりの朝みたい。
大きな眼だって活きいきして
神さまが情熱的な輝きをくれたのかな、ホント、若返ったみたい。

そんなことを言っているうちに、急に
なんだかとっても愛おしい親しみが体の中から湧き上がってきた。
私はプラテーロの頭を優しく引き寄せて私の体に押し当て脇腹のあたりを撫でる。

プラテーロは目を閉じ、耳でそっと目を守ってじっとして
それからあたりをゆっくり走ったり止まったりした。
なんだか子犬がさかんに遊びまわっているみたいだった。

なんて綺麗なんだプラテーロ、と繰り返す私。
プラテーロはといえば、まるで真新しい服を着せられた子どもみたいにおずおず走り
何か言いたそうに私の方を見て、耳で嬉しさを表しながら駆け出し
そして向こうの方の角の家のところで
風鈴草を食べる仕草をして私を待っているそぶり。

ギリシャ神話の女神、アグライアーが
木の葉と果実と雀たち、三つの彼女の魅惑のシンボルに讃えられながら
梨の木に寄りかかって、この微笑ましい景色を見ている。
夕暮れの透き通った太陽の光の中で
ほとんど誰の目にも見えない、この景色を。

アグライアーはギリシャ神話の中の、美と優雅さを体現する若くて美しい女性の姿をした女神。何人もの、個有の名を持つ女神の総称で、それぞれやや異なる美を象徴する女神がいる。その姿の美しさや歌や踊りの優美さで、人間や神を含め、あらゆるものに喜びを与えるとされ、詩や絵画や音楽などの芸術にとって極めて重要な存在。一般的に、ボッティチェリの『春』のように三美神として、三人一緒に描かれることが多いが、輝きや、生まれ出ずる力などの、それぞれの得意分野を象徴する女神が単独で描かれることもある。

丘の上の松の木

（40）

どこにいてもね、プラテーロ
私はいつだって、あの丘の上の松の木の下にいるような気がするんだよ。
どこに行き着いたとしても、それが都会であれ、愛であれ、誉であれ
私にとってはそこは、白い雲を浮かべた青い大きな空の下の
枝を大きく広げたあの松の木の下。
私にとってあの大きな松は私の夢の荒海を超えて私が目的地にたどり着くために
明るい光を放って私を導いてくれる私の灯台。
例えばそれは、嵐の海の中で奮闘するモゲールの船乗りたちが
浅瀬に乗り上げたりしないよう導いてくれる灯台。
あの松の木は、私が苦難の日々の中にいるときの私の確かな頂。
松の木の思い出の中に疲れた体を横たえれば、私はいつだって心の底から強くなれる。
小さい頃に見たものが大きくなってから見ると小さく思えたりするけれど
思うにあの松の木は、私が大きくなってもなお、もっと大きくなる。
あの松の木だけは私の中で、どんどんどんどん大きくなる。
台風の時に枝が折れて、それが切り落とされた時には

自分の片腕を引き抜かれたような気がした。
時々、いろんな苦痛が私の心身を襲う時
私には、あの丘の上の松の木も痛がってくれていると感じる。
雄大という言葉は私にとっては、あの松の木のためにあるような言葉。
海や空と同じようにね、心からそう思うんだ。
きっとあの松の木の影で、雲を見上げて幾多の民族が
いろんなところからやってきた人々が何世紀にもわたって
心や体を癒してきたんだと思う。
あの松の木は、まるで海や空のよう、そして私の心の中の郷愁のよう。

私が何も考えずにぼんやりと、とりとめなくいろんなイメージを思い巡らせ
それがあっちへこっちへと勝手に移ろい佇んでしまう時や
目の前のものが何だか実態とは別の幻のように見える時、そんな奇妙な瞬間に
あの丘の上の松の木が私の目の前に、なぜか永遠を感じさせる姿で現れる。
そんなとき、あの松の木は、いつもよりもっと大きくて
もっと葉をいっぱい生い茂らせて、遠慮がちにではあるけれど
さわさわと、いろんなことを語りかけてくれる。
私の安らぎの中で休みなさい。
あなたが行き着くほんとうの場所としての私の安らぎのなかで休みなさいと。
だからあの丘の上の松の木は私にとって、私の人生の旅の終着駅。

ダルボン先生

ダルボン先生はプラテーロのお医者さん。
白と黒の斑模様の雄牛みたいに大きくて、スイカみたいな赤ら顔で
体重が一二〇キロ以上もある。
歳は、彼に言わせれば、三度辛いことを経験した歳、ということらしい。
しゃべり方は古いピアノみたいに、あんまりちゃんとしてなくて
しゃべっていると時々、言葉が言葉にならずにため息になる。
そういう時には首を傾げて、ぺたんと頭を叩き
きまり悪さを誤魔化すために咳払いをしたりハンカチで唾を拭ったりする。
まあそれがおきまりの、ダルボン先生の夕食前の愛すべき日々のおさらい。

ダルボン先生は、奥歯どころか前歯もない。
だからパンだって、ほとんどいつも中身だけを食べる。
まずはパンを手で柔らかくして、ちっちゃなボールにして
それを真っ赤な口の中に放り込む。
丸一時間もの間、次々にボールを口の中に放り込んで

(41)

そうしてもぐもぐもぐもぐ歯茎で噛むものだから
顎が鷲鼻とくっつきそうになる。

雄牛みたいに大きいって言ったけど、実際
ダルボン先生が家の玄関の腰掛に坐ったりすると
大きな体が入り口をふさいで誰も中に入れなくなってしまう。
でもプラテーロのことは、人間の子どもみたいに可愛がる。
プラテーロと一緒にいて、たとえば花とか小鳥を見つけたりすると
たちまちニッコリして、口を大きく開けて笑って、さらに大笑いしたかと思うと
そのまま我慢ができなくなって笑い続けて、そして
いつも最後はボロボロ泣く。
やがて静かになって、それから、古くからある墓場の方を見つめ、そして言う。

私の娘、ああ私の可哀想な、まだちっちゃかった娘……

子どもと水

太陽に抱きしめられて何もできないほど乾ききった日照り。
埃っぽい中庭では、どんなにそっと歩いても
小麦粉のように白くて細かな土ぼこりが目の中にまで入ってくる。
そんな中庭の噴水のところに子どもがいる。
子供と噴水とは、互いに自由で気ままで快活な仲間同士。
どちらも自分のやりたいことをする。
そこにはたった一本の木さえもないけれど
子どもも噴水も、それぞれ自分の心を持っている。
噴水に近づくと私の心は
紺青の空に光が大きく描いた一つの言葉でいっぱいになる。
その言葉は、オアシス。

朝方にはもう昼寝をしなくてはいけないくらい暑くて
セミがサンフランシスコ教会の裏庭のオリーブの木で鳴いている。
太陽が子供の頭に照りつける。

(42)

でもその子は噴水に夢中で暑さに気づかない。
地面に横になって、勢いよく水が噴き出す噴水の下に手をかざす。
その子の手のひらの上に現れる、ゆらゆら動く清々(みずみず)しい水の宮殿。
素敵なことにその子の目は黒くて
その黒い瞳が手の中の水の宮殿をうっとりと見つめる。
何か独り言を言い、鼻をこすり、もう一方の手で
ボロボロの服の下の体のあちらこちらを掻く。
宮殿は、水の宮殿の姿のままで刻一刻と姿を変え、そして揺らぐ。
するとその子はじっとして
自分の胸の鼓動さえ手のひらに伝わらないよう一生懸命息を殺す。
だって、中に入っているガラスが
ほんの少し動いただけで形を変える繊細な万華鏡のように
その子の手のひらの上の水の宮殿の素敵な形は
何かの拍子にすぐに失われてしまうから。

プラテーロ、私が言っていることが
お前にわかるかどうかはわからないけれど、とにかく今
その子が手に持っているのは、私の心。

友情

私たちはお互いにわかりあっている。
私がプラテーロの好きなように歩かせると
プラテーロはいつだって
私が行きたいところに連れて行ってくれる。

知ってるんだよね、プラテーロ
あの丘の上の松の木のところに行くと
私が松の木の幹に近づいて、幹を優しく撫でるのを。
そして素晴らしく大きく繁る葉の向こうの空を見るのが好きなことを。
知ってるんだよね、プラテーロ
芝生の向こうの古い井戸の方に続く私の好きな小径のある場所を。
高くてこんもりした、古典的な絵画の中の場所のような
松の林の丘の上から遠くの川を見ることが私の大切な安らぎなんだということを。
プラテーロの背中に乗って、安心して私がうつらうつらして
そして目を覚ますと、私はいつだって

(43)

私の大好きな、私の心を喜ばせてくれる場所にいる。

私はプラテーロには自分の子どものように接する。
帰り道が険しくて、プラテーロがなんだか少し重そうなようすをするときは
楽にしてあげるために私は、プラテーロの背から降りる。
そうしてキスをしたり、なだめたり、ときには文句を言ったりする。
そんなときプラテーロは、私がプラテーロを愛しているのを知っているから
何を言ったところで私を恨んだりなんかしない。
私とプラテーロとは、思っていることがいつも同じ。
それに私たちが思うことは、ほかの人たちとは全然違うから
私は自分たちが見る夢だって同じなんじゃないかとさえ思うようになった。

プラテーロは情熱を内に秘めたお嬢さんみたいに素直で
私に文句を言ったりなんて決してしない。
プラテーロにとっての幸せはきっと私と一緒にいることなんだと思う。
だって、ほかのロバたちや人間たちを避けているようにさえ見えるから。

可愛い歌声

(44)

炭焼きの家の女の娘は、とっても可愛い。
黒い目がキラキラしていて
炭で煤けた黒い唇は切れて血がにじんでいるし
赤茶けた一枚の銅貨みたいに汚れてはいるけれど
粗末な家の扉のところに置いてある瓦に坐って幼い弟を眠らせている。

心がワクワクするような五月。
太陽の中心みたいに強くて透き通った光が輝く。
眩いのどけさのなか、外で煮炊きをする鍋の煮えたつ音や
牧場に解き放たれた馬が恋の相手を呼ぶ声がする。
海からの朝の風がユーカリの木を抜けて吹いてくると、なんだか嬉しくなる。
炭屋の女の娘の気持ちをこめた可愛い歌声が聞こえる。

　赤ちゃんがオネンネよ～
マリアさまのおかげ～でね～

少し歌がとぎれ、松の梢に風が吹いて

そうして赤ちゃんが眠ればね〜
子守の歌うたいも眠る〜よ〜

風がほら、プラテーロ、優しくこっちにやってくる。
炭を焼く煙のあいだを、こちらの方へと少しづつ
霞を追い払いながらやってくる。
子守唄を歌い続ける女の娘のところへと。
そうして、いつの間にか女の娘も
赤ちゃんとおんなじように眠る。

結核

私の右手の悲しい椅子に坐っていた。
顔色が真っ白で、生気がなくて、まるでしおれた月下香のようだった。
冷たい部屋の白い壁を背にしていた。
医者からは、外に出なさい、野原に行きなさいと言われていた。
外には五月の陽の光がある、それを浴びることができるから。
でも可哀想に、それは自分ではできなかった。

　ハシのとこまで、イッタらね

とその子は言った。

　ワカダンナさま、アタシね、イキがキレたの。

幼くて、か細くて、ちゃんとした文章にもならず
吹いてきた弱い風が、どこにも届かずに落っこちてしまうような

(46)

とぎれとぎれの弱々しい声。

私はその子に、プラテーロに乗って
ほんのちょっとだけ散歩してみたらと言った。
その子がプラテーロの背に乗った時に
生気が消え失せていた顔に浮かんだその子の笑顔の輝き。
真っ黒な目、真っ白な歯。

路を行くと、女の人たちが戸口でようすを見守る。
ゆっくりゆっくり歩くプラテーロ。
まるで背中に、ガラス細工の壊れやすい百合の花を乗せていると
わかっているみたい。

女の子はモンテマヨールの聖母のように
真っ白い服を赤い紐で結んだいつもの姿で
でも、彼女を苦しめている熱と希望とを取り替えたように
いつもとは違う表情で路を行く。
その姿はまるで天使が街を、南の方の天国へと続く路を
天使が通り過ぎていくかのようだった。

ロシオのお祭り

(47)

ねえプラテーロ待っていようよ、もうすぐお祭りの山車（だし）の行列がやって来るからね。
それはね、遥か彼方のドニャーナの森のざわめきや、松の精霊の森の不思議さや
母親たちの沼やドスフレノスのあたりの清々しさや
聖母ロシーナ川の清らかな水の匂いをのせてやって来るんだよ。
そう言いながら私はプラテーロを派手に男前に
若い女性たちを誘惑できるほどにカッコよく仕立てて
噴水通りの白く塗った軒下のあるあたりに連れて行った。
そこには午後の太陽の光がゆらゆらと
まるで緩んだ紅い帯のように射し込んでいた。
それから私たちは、山車がやって来る野原の街道がよく見える
レンガ工場の敷地の端に陣取った。

ほらもう、山車が坂を上ってやって来たよ。
空を流れる薄紫色をした雲が
ロシオの時期ならではの柔らかな小雨で緑のブドウ畑を濡らして過ぎた。

けれど人々は立ち去ろうともせず雨を気にして空を見上げたりさえしない。

最初にやって来たのはたてがみを編み上げたロバやラバや馬に乗った
楽しそうな恋人たちが曳くモーロ風の山車。
楽しそうな彼氏たち、威勢のいい彼女たち。
なんだか目一杯、楽しそうに大騒ぎをして通り過ぎたかと思うと
また戻ってきてひとしきり、わけもなく大騒ぎ。
その後にやってきたのは酔っぱらいの山車。
酔っ払って、てんでに大声をあげて上を下への大騒ぎ。
その次は、白い布で覆われた寝台みたいな山車。
小麦色の肌の、ピチピチとした花も盛りの娘たちが天蓋の下に坐って
ひっきりなしにタンバリンを叩いてセビジャーナスを歌う。
次々にやって来るたくさんの馬、たくさんのロバ。
お祭りの仕切り役が大声をあげる。

　ロシオの聖母さま、バンザ〜イ、バンザ〜イ。

頭の禿げた細い体の赤ら顔の仕切り役の背中の大きなつばの麦わら帽子。
あぶみには、剥げた金メッキの指揮棒。
そして最後にやって来たのは二頭の大きな、まるで白と黒の服を着た司教みたいな

白と黒のまだらの額に色とりどりの飾りや濡れた太陽の光を返してキラキラと
さかんに火花を放っているかのように光る鏡をつけた雄牛が厳かに曳く山車。
二頭の牛が足並みを揃えて曳くわけではないために
山車はまるで牛が頭を振るように揺れながら進む。
悲しみが満ちたお花畑を運んでいるかのように、花で飾られた白い山車が進む。
無垢な聖母像は紫水晶と銀の衣装で身を包む。
音楽も聞こえる。鐘がなる。黒い爆竹が爆(は)ぜる。
重い山車を曳いて石の舗道の上を行く雄牛の蹄が硬く堅い音をたてる。

プラテーロはといえば、器用なプラテーロならではのいつもの仕草。
ひざまづく女性のように前脚を曲げて
優しげに、つつましやかにすべてを見守っていた。

ロシオのお祭りというのは、年に一度、キリストの復活祭である聖週間（セマナサンタ）の約五〇日後、主にアンダルシアの街々から、信者たちが、さまざまな装いをして、ここにも出てくるように、フラメンコの衣装を着て歌ったり踊ったりする一団や、趣向を凝らした馬車などを仕立てて、ウエルバ県のロシオにあるブランカ・パロマ聖堂（白い鳩教会という意味）を目指して旅をする巡礼祭で、巡礼路にはいろいろなルートがあるが、モゲールを通るのも重要な巡礼路。

ロンサール

（48）

引き綱を解かれたプラテーロは
マルガリータなどの草花のなかで牧場の草を食べていた。
私は私で松の木の下でプラテーロの背中に乗せてあった皮袋から本を取り出し
前に読んだ時に印をつけてあったページを開いた。

みずみずしい葉枝に花を咲かせる五月（さつき）のバラ
初々（ういうい）しい初花（はつはな）ひらけば空もうらやむ

上の方、松の木の梢の先から小鳥が飛び立ち
太陽の光を受けた松の葉が揺らいで金色に光る。
さえずりながら空を飛ぶ小鳥の声に混じって
別のところから、小鳥が松の実を割って食べる音が聞こえる。

生きいきとした色の空の嫉妬

突然、なんだか大きくて暖かな
まるで生きた船の舳先のようなものがやってきて私の肩に乗っかった。
プラテーロだった。
きっとプラテーロも、オルフェのことを考えていたに違いない。
だから、私と一緒に詩を読みたくなってやってきたんだ。
では、一緒に読むことにいたしましょう。

　生きいきとした、その日の始まりの時の……

でも小鳥は、セッセと食べなくてはいけないものだから
調子外れの音で私たちの朗読をさえぎる。
一瞬、ロンサールの詩、彼のソネットの一節を忘れてしまった。
きっと黄泉（よみ）の国でロンサールが笑ったに違いない。

オルフェ（オルフェウス）は、ギリシャ神話に登場する、死んだ妻を追って冥界を旅した吟遊詩人。ルネサンスを喚起したイタリアのダンテ・アリギエリの『神曲』は、若くして亡くなったベアトリーチェへの想いとともに地獄、煉獄、天国の冥界を旅する長篇詩だが、オルフェはその作品の重要なモチーフとなった詩人。またロンサール（ピエール・ド・ロンサール）は、十六世紀にギリシャ・ローマ時代の古典をテーマに活躍したフランスの詩人。なおヒメネスは、精神を病んでフランスで療養した時にフランスの古典的な詩人の作品やギリシャ・ローマ神話に出会い、故郷のモゲールでの療養の際にも、それらに親しんだ。

覗き箱のおじさん

なんの気配もなくて静まりかえっていた路に
突然、小太鼓の乾いた音が響きわたる。
続いて、息を長く引き伸ばしたとぎれとぎれのしわがれ声が
覗き箱のおじさんがやってきたことを告げる。
下の路の方から、ちびっこたちが叫びながら走ってくる足音が聞こえる。

　覗き箱のおじさんだ、覗き箱だ、覗き箱だ。

路の角には、四本の紅い旗を立てた緑色の小さな箱が
組み立て式の台の上に置かれ、レンズを太陽の方に向けて
子どもたちがやってくるのを待っている。
老人が小太鼓をトンタントンタン打ち鳴らす。
お金を持っていないちびっこたちのグループが
両手をズボンのポッケに入れたり、手を後ろに回したりして
何も言わずに、膝をついて地面に坐って小箱を見守る。

（49）

何人か、手のひらにお金を握りしめた子どもたちが走って来る。
その子たちが、一番前に進み出て、レンズを覗く。

　これ～から～見える～のは～
プリム将軍だ～よ～、白～い馬に～またがった～

よその国から来た老人は、あまりやる気のなさそうなようすでそう言うと
また小太鼓を打ち鳴らす。

　港だよ～、バルセロ～ナ～の、港だよ～

さらに小太鼓が打ち鳴らされて
ほかにもお金を用意した子どもたちがやって来て
うっとりとした表情で老人の前に進み出て、お金を払って夢を見る。
また老人が言う。

　こんど～見えるのは～、ハバナの～お城だよ～

そしてまた小太鼓。
向かいの家の女の子と、その子の犬と一緒に覗き箱を見に行ったプラテーロは

遊んでもらいたくて、順番を待つ二人の男の子の間に大きな頭を押し込む。
すると老人がすかさず、ユーモアたっぷりにプラテーロに言う。

お金を持ってこなくちゃねえ〜

お金を持っていない子どもたちは、そこでみんなで愛想笑い。
そして、ちょっと気弱そうにそっと、でも
なんとかしてくれないかなあ、というような表情で老人を見つめる。

みちばたの花

なんて清らかでピュアーなんだろうね、プラテーロ。
なんて美しいんだろうね、みちばたに咲いているこの花は。
この花のすぐそばを、なんだって通る。
牛も山羊も子馬も人も……
こんなに優しくてか弱く見えるのに
どんな汚れにもそまらないで
ほらこうしてまっすぐ上を向いて薄紫の可憐な花を咲かせている。

毎日、この近道の坂を上るたびに
見てきたでしょうプラテーロ
この花がここで、緑の葉をつけていたのを。
今はほら、小鳥がそばに来ている。
あっ、飛び立った。
どうしてかな？　きっと私たちが近づいたからだね。
小さな花のコップが夏の雲からもらった澄んだ水滴で

（50）

いっぱいになっていたこともあったよね。
蜜蜂が蜜をとっていったり
一羽の蝶々が気まぐれに花を飾り立てるようにとまったりしても
この花は蜜蜂や蝶々の好きなようにさせていたよね。

この花の命は、ほんの何日かなんだよプラテーロ。
たとえその思い出は永遠になりうるとしてもね。
この花が生きていられるのは
お前の春の一日くらい、私の一生のうちのひと春ほどなんだよ。
秋になったら私は、なにをあげたらいいんだろうねこの花に。
こうしてまいにち、素敵な花を私たちに見せてくれているこの花に。
そのことの代わりになりうるようなものが
あるだろうかね、プラテーロ。
生きていく上で私たちが、ずっとずっと大切にしなくてはいけないこと
簡素(シンプル)な生き方のお手本のようだね、この花は。

ロード

どうかわからないけど、プラテーロ
もしかしたら、お前なら写真の見方というものを知っているかもしれないね。
この写真を、田舎の人たちに見せたことがあるんだけど
誰もちゃんと見ようとしないんだ。
そんなわけでプラテーロ、この写真をお前に見せるわけだけど
これがロードなんだ、ちっちゃなフォックステリア。
その子犬のことは前にも話したことがあるよね
ほらこれだよ、見える？
大理石が敷かれたパティオでクッションの上に坐って
ゼラニウムの鉢の間で冬の太陽を浴びている。

可哀想なロード。
セビージャから連れて来たんだ、私はそこで絵を描いていた。
白い犬だった。光が当たるとあんまり白くて、色がないみたいだった。
淑女の内ももみたいに白くてね、まあるくて

51

水道管の出口の水みたいに勢いが良くて
あちらこちらに黒い斑があって
まるで黒い蝶々が何匹もとまっているみたいだった。
黒い目が輝いていてスッキリしていて高貴な想いがたくさん詰まっているかのよう。
ちょっと突拍子も無いところがあって
時々、何の理由もなく大理石のパティオにある
五月に咲きそろう白百合の花の間を目も眩むほどに駆け回る。
赤と青と黄色のガラスをはめた天窓を通した太陽の光がパティオを染める
ドン・カミロが描いた絵みたいな中庭でね。
時々は屋根にも上って、鳥の巣を見つけたりすると
狂ったようにクークー泣きながら動き回ることもあった。
毎朝マカリアが石鹸で洗うときにはね、プラテーロ
とんでもなくピカピカになって、青い空の光を返す白い屋上のようだったよ。

私の父が亡くなった時にはね
一晩中、棺（ひつぎ）を見つめてそばにいた。
母の具合が悪くなった時には、ベッドのそばに丸まって
一ヶ月もの間、ご飯も食べず水も飲まなかった。

ある日、誰かが家に来て、ロードが狂犬病にかかった犬に噛まれたと言った。

だから、人から遠ざけるためにロードを
お城の酒蔵(ボデガ)のところのオレンジの木に結びつけなくてはならなかった。
細い路を連れていかれる時、ロードが振り返って私を見たその眼差し。
それ以来、私の心にはその哀しい眼差しが突き刺さったままなんだ。
プラテーロ、ロードは私にとって死んだ星の光のようなものかもしれないね。
遠くにあって実際には死んでいてもなお、生きているかのように光を放つ。
何か悲しいことがあるたびに思い出すのはあの時のロードの眼差し。
それが私のなかでますます強くなって
思い出すたびに哀しみがこみ上げてきて胸を刺す。
それは私にとって、歩み続けなくてはいけない
永遠へと続く長い小径(こみち)のようなものなんだろうね。
丘の上の松の木に続く路と同じようにね。
あの時のロードの眼差し。
それはロードが思い出と共に私のなかに永遠に遺していった
一つの足跡(あしあと)なんだろうね。

アンズ

(53)

塩通りという名の狭くて短い路地を曲がると、教会の塔の前に出る。
石灰を塗った白壁が続く路地は、陽の光と空の青で紫色に見える。
塔の先の方は、海からの風がいつも強くあたるので白い壁が剥がれて黒くなっている。
ゆっくりと、男の子とロバがやってくる。
ちょっとませた雰囲気のその子は、背が低くて小さくて
まるで大人のように、つばの大きな帽子を首から背中に吊るしているけれど
なんだかその帽子よりもちっちゃく見えるその子が
山の人たちならではの、心根のこもった粋な地唄をくちずさむ。

でっけえ苦労をしたもんだ〜
自分で背負った苦労だけんどな〜

杏(アンズ)を積んだ荷車をここまで引いてきてやっと綱を解かれた疲れ切ったロバが
路地に生えている僅かばかりの汚れた草を喰む。
時々、男の子が急に我に返ったように、歌の世界から現実の路地に戻る。

陽に焼けたちっちゃな脚を開き、まるで大地から力をもらおうとするかのように力を込めて素足で構えて小さな脚を開いたり閉じたりする。

そして、声が太くなるように口に手を当て懸命に節をつけて大きな声で叫ぶ。

でも杏売りの呼び声の、終わりの方は、それでもやっぱり子どもの声。


　アンズだ〜よおお〜

それから、まるでディアス神父のいつもの言葉
売れる売れないなんてどうでもいいことなんだよ、とばかりに
自分が唄っていたジプシーの鼻歌の世界に入っていく。

　俺はお前を責めたりなんかしないいんだよ〜

　これからだってするもんか〜


そして無意識に棒で路地の舗石(しきいし)をコンコン叩く。

松の木で焼いた温かいパンの匂い。

思い出したように路地を吹き渡るそよ風。

突然、三時を告げる教会の大きな鐘の音が鳴り響く。

続いてそれを囃(はや)すかのような小さな鐘の音。

もう一つ鐘の音がして、それはお祭りを告げる鐘の音。

乗合馬車の気ぜわしいラッパの音と鈴の音もして
音と音とが重なり合い混じり合って、音の洪水に溺れてしまいそう。
一方、街の上手は静か、まだ眠りから覚めていないかのよう。
風に乗り、屋根瓦を超えて漂ってくる海の香り。
海の動きが、水晶のような輝きが蘇る。
あるいは、波を同じように繰りかえし繰りかえすことに飽きてしまった
見事なまでに孤独な海の気配が蘇る。
ちびっこがまた歌をやめ、目覚めたように大きな声で叫ぶ。

アンズ〜　アンズだ〜よ〜

動こうとしないプラテーロ。
男の子を何度も何度も見て、男の子のロバの匂いを嗅ぎ、ロバを小突く。
二頭のロバは、どうやらわかり合っているようす。
互いに同じように、しきりに頭を上下させる。
それを見ていて、ふと、白クマのことを思い出した。
よーしわかった、プラテーロ。
あの子に言うからね、そのロバを私にくださいと。
で、お前はあの子と一緒に行くんだよ、アンズ売りになるんだよ。
そうするんだよね、プラテーロ。

聖体祭

農園からの帰りに噴水通りを通って街に入ると
もう三度も小川のあたりで聞いた教会の鐘の音が、白い街に
聖体祭の始まりのブロンズの冠（かんむり）の出発を知らせて響き渡った。
昼の空に黒い煙を放つ打ち上げ花火が轟音と火花とともに打ち上げられる。
鐘が打ち鳴らされる、キンキンとした金属的な楽器の音も聞こえる。
新たに石灰を塗られて真っ白になった家々が連なる白い街路は赤色で縁取られ
ポプラの葉枝やカヤツリグサの飾り付けがされて、どこもかしこも緑。
窓からは深紅のダマスカスの緞子（どんす）や黄色の布や青いサテン。
喪中の家では黒いリボンが付けられた真っ白な毛布。
ポルチェ通りの角の家々のあたりから、ゆっくりと鏡の十字架が現れる。
キラキラ光る十字架が、夕陽と真っ赤な蝋を垂らす赤いロウソクの光を映す。
ゆっくりと聖体祭の行進が通る。
深紅の旗に続いて
まあるい柔らかなパンを乗せたパン屋の守護神の聖ロケの山車。
薄緑の旗に続いてやってきたのは、船乗りたちの守護神、聖テルモの山車。

（56）

山車を引く人たちが手に持つのは銀の船。
黄色の旗と農民たちの守護神、聖イシドロの可愛い山車を引くのは二頭立ての牛。
さらに続く色とりどりの旗と旗、そして聖人たちを乗せた山車。
次にやってきたのは、まだ子どもの聖母マリアに手ほどきをする母親の聖アナ。
そして茶色の旗の聖ホセと、真っ青な旗の聖母マリア。
グァルディア・シビルに護られて最後にやってきたのは
透かし彫りの銀の細工の聖体顕示台。
麦の穂とエメラルド色のまだ熟れていない瑞々しい葡萄の見事な飾り。
たち込めるお香の煙のなかを、ゆっくりゆっくりと進む。
落ちていく夕陽の中、ダビデの詩篇の中の詩が
アンダルース風のラテン語で唱えられ、清らかに朗々と街をわたる。
すでに薔薇色になった太陽の、リオ通りの方から低く差し込む光が
古くからある金襴緞子の祭服と
この日のための上掛けをまとった司祭の衣装にあたって砕け散る。
見上げれば、真っ赤に染まった塔の周りには
六月ならではの穏やかなオパール色の空。
その空たかく鳩たちが赤い夕陽を受けて
火のついた雪のようにひとかたまりになって飛び回る。

不意に訪れた静寂の中でプラテーロが鳴き声をあげる。

そのいつもの穏やかな音が
鐘の音や花火の音、ラテン語の詩やモデスト氏の楽隊の音と一緒になり
そして、やがてそんなざわめきが、この明るく不思議な秘儀の一日のなかで
卑しいとされている動物、あるがままに好きなように生きるプラテーロの
朗(ほが)らかな鳴き声と一緒になって、神の世界へと
どこか遠くへと消えていく。

この話には、他の話に比べてやや異なるトーンが感じられる。それはたぶん、ここで描写されているのが聖体祭、すなわちキリスト教の特にカトリック信徒にとって最も重要な聖祭の一つである聖体祭だからだろう。聖体祭はイエス・キリストが最後の晩餐の時に、弟子たちにパンと赤ワインを、これは私の肉と血であると言って分け与えたことから来ていて、復活祭の時と同じように、普段は教会の中に秘蔵されてある聖体を象徴する銀の十字架や聖母の像などが、街中を行進する儀式が行われる。文中の聖ホセ（サン・ホセ）は、聖母マリアの夫のヨセフのことで、スペインではヨセフはホセと呼ばれる。

キリスト教においてイエスとロバとは重要な関係にあり、イエスが、自らが処刑されることになるエルサレムへ死を覚悟で入る際に、ロバに乗って行ったとされている。また預言者ゼカリアの詩の中にも、救世主がロバに乗ってエルサレムに入城するという預言がある。なおダビデはイスラエルの民の中で最も重要な、イスラエルを統一して王国をつくった建国の祖。竪琴の名手で多くの詩をつくるなど、文武両道に秀でた王だった。その後滅びたユダヤ人の王国に平和をもたらす救世主は、ダビデの子孫の中から現れるという預言もあり、ダビデの直系の二十七代目の子孫とされるイエスは、十字架の上で息をひきとる寸前に、ダビデの詩を唱えた。ロバは愚鈍なものの象徴とされることが多いけれども、ヒメネスはプラテーロを常に、純真で素朴な優しい友人として描いていて、そこにはイエスを乗せて死地に向かったロバのイメージが、どこか深いところでつながっているように思われる。この話の中の、特に最後のやや謎めいた表現にも、こうした背景を連想させるようなニュアンスがある。

散歩

夏の盛り、若々しいスイカズラが垂れ下がっている路を
嬉しい気持ちに満たされて路を行くプラテーロと私。
私は本を読んだり歌を唄ったり、空に向かって詩をつぶやいたりする。
プラテーロは、道端の牧場の柵の影になったところの草や
埃にまみれて咲いているゼニアオイの花や
黄色いビナーグレ・ドレッシングにつかうハーブをもぐもぐと食(は)む。
プラテーロは歩いているより立ち止まっている時間の方が長いくらいだけれど
私はプラテーロの好きなようにさせた。
空は青くて青い空が私の目に眩しくて、そして美しい。
実をつけたアーモンドの木々の上に広がるどこまでも青い空が
高く高く、至高の高みにまでとどく。
どこもかしこも静かで暑く、そして眩(まばゆ)い。
風はなく、川には真っ白い帆を上げた小さな船が同じ場所にいつまでも……
山々の方を見れば、モクモクと立ち上る山火事の煙が広がって
まあるい黒い雲になる。

(57)

ともあれ、私たちの路行きは、ほどよいほどに短くて
まるで色々ある人生の、ふとしたなかの
とても気安くて気持ちがいい一日のよう。
空を見ても、神の気配なんて感じない。
川を見ても、遠い国々とつながっていることなんて考えない。
もちろん、山火事が引き起こすかもしれない悲しいことなども。

オレンジの香りがする路を行くと、
水汲み機がカラカラと水を汲み上げる楽しい音が聞こえてきた。
プラテーロがひとこえ鳴いて、嬉しそうに駆け回る。
日々を愛するって、本当に簡単（シンプル）なこと。
いつの間にやら水飲み場について、私は早速コップに水を満たして
空の左のほうに見える雲を飲む。
プラテーロもまた、日陰になったところの水に口をつけ
あちらこちらの、いちばん冷たくて綺麗な水ばかりをゴクゴクと飲む。

黄昏時

安らかな気持ちに浸り、街の黄昏時(たそがれどき)にうっとりしていると
詩情が、どこか、はるか遠いところから
知っていることと、もしかしたら知らないこととが混ざり合いながらやってくる。
一つの悲しみ、あるいは長い間考え続けてきたことが
十字架に打ち付けられ架けられるような感じがして、そしてその感覚が
街の隅々にまで伝わっていくような気がして、不思議。
星が輝く澄んだ夜空の下、健やかに実った滋養豊かな穀物の香りが漂う。
納屋に積み上げられた黄色い麦の穂がぼんやり見える。
おお、ソロモン！

どこからともなく、仕事を終えた人たちの疲れて眠そうな鼻歌が聞こえる。

玄関に坐り、ほんの近くで眠る、裏庭の向こうの亡くなった人たちを想う寡婦(やもめ)の姿。

一本の木から別の木へと飛ぶ鳥たちのように
影の中から走り出てきた子どもたちが、もう一つの影の中に姿を消す。

石灰の白い壁の残照のように粗末な家々の壁が、まだぼんやりと明るく見える。

(59)

それももう、石油ランプの街灯の赤い光に染まりはじめる。

土色をした何かのぼんやりとした影が、静かに通り過ぎる。

もしかしたらそれは、これまで見かけたことのない物乞い？

あるいは出稼ぎに来たポルトガル人、それとも、もしかしたら泥棒なのか。

おどおどした暗い影と、穏やかな薄紫色の黄昏時との違和感。

そしてやがて暗闇が不思議にも、ゆっくりと
私の知っているものや人々を、あらゆるものを包み込んでいく。

子どもたちが遠ざかる。

なぜか玄関の灯（あかり）が点いていない家の中から聞こえてくる不思議な男たちの話し声。

胸を患った王女を治す薬はね
さらってきた子どもたちでつくるんだよ。

ソロモンは、古代ユダヤのイスラエル王国の建国の王ダビデの息子で、紀元前一千年頃に王位を継いだ。知力に富んだ賢王として知られ、貿易や知恵や技術を重視して王国を豊かに興隆させた。ここで唐突にソロモンが出てくるのは、イスラエルの乾いた山々が、太陽の光で熟れた麦の穂のように金色に輝くので、ぼんやり見える麦の穂に、国を豊かにした遠く遥かなユダヤの王を連想したのだろう。昼と夜の境の黄昏時に、詩人ヒメネスの想いは、現実と非現実、過去と現在と未来、あるいは幻想との境を行ったり来たりしているように見える。ちなみに、最後のやや不気味な話は、聞き分けの悪い子どもたちを脅していうことを聞かせるためにする話なのだろう。ゴヤの版画集『ロス・カプリチョス』には、さらって来た子どもたちから薬をつくる魔女たちの姿を描いた版画がある。なおプラテーロへの語りかけがないのはこの話が初めて。

スタンプ

あれは確か時計の形をしていたんだ、プラテーロ
子どもの頃の話だけどね
銀の小箱を開けたらスタンプがあったんだ。
小鳥が巣の中でするように茶色いインクのスタンプ台にピタッと押し当てた。
なんだか魔法のようだった。
スタンプを白くて細くてちょっと紫がかった私の手のひらに押し付けると
手のひらに、こんな文字が現れたんだ。

フランシスコ・ルイス　モゲール

ドン・カルロス先生の学校の時の友達の名前のそのスタンプが羨ましかった。
だから私は、家の二階で見つけた小さな印刷機械の活字を使って
自分の名前のスタンプをつくろうとしたんだけど
上手くできなかった。
なんといっても、それらしい感じが出なくて

（60）

すごく簡単に、あっちこっちに、本の上とか壁とか手帳とかにも印刷できる
友達のスタンプみたいには、ちゃんとプリントできなかった。

フランシスコ・ルイス　モゲール

ある日、セビージャの銀細工師（プラテーロ）で
筆記用具なんかの行商をしていたアリアスが家に来た。
本当に素晴らしいものばっかりだった。
定規とか、コンパスとか、いろんな色の絵の具、それにスタンプ。
それもいろんな大きさのいろんな形のものがあった。
私は貯金箱を壊して、入っていた一ドゥーロで
自分の名前と街の名前のモゲールの文字の入ったスタンプを注文した。

それができるのを待つ一週間の、長かったこと長かったこと。
郵便馬車がやって来た時の私の心臓の高鳴り
汗ばむほど緊張して待っていたのに、なのに……
郵便配達の足音が私の家を通り過ぎて雨の中を行ってしまった時の悲しさ。
そしてとうとうある晩、それが届いた。
ちょっとややこしいセットだった。
鉛筆と筆と蝋で、便箋に封をするためのイニシャル文字。

知ってるよ私だってそれくらい。
バネを押して、そして現れたピッカピカの真新しいスタンプちゃん。
家中探しても、スタンプを押してないものなんてないくらいにスタンプを押して
何もかも、私の名前の入った私のもの。
もし誰かが押してくれっていったらもちろん。
おっと気をつけて、あんまり押したらスタンプがすり減っちゃう。
なんだか、ドキドキドキドキ。
次の日、嬉しくて嬉しくて
私は自分の名前を印刷したものをみんな学校に持って行った。
本や、シャツや、帽子や、長靴や、名前入りの両手もなにもかも。

ファン・ラモン・ヒメネス　モゲール

あの女性と私たち

あの女性が行ってしまった時のことだけどね、プラテーロ
それにしても、どこへ行ったんだろうね？
あの黒い汽車に乗って、高いところにある線路を通って……
天気のいい日だったね。
白い雷雲を横切って、逃れるようにして北のほうにね。
私はその時、風で波打つ黄金色の麦の穂に埋もれるようにして
お前と一緒に線路の下にいた。
真っ赤な血をふりまいたようにアマポーラが咲いていたね。
もう七月になっていたから白い冠をつけたアマポーラもあったね。
汽車の吐く水蒸気が、白いちっちゃな雲になって昇っていったね。
おぼえてる、プラテーロ？
太陽も花も、ふと悲しくなって、なんだかどんどん虚しくなって
消えて無くなってしまいそうだったね。
黒いベールを被った淡い金髪のあの女性。

〈62〉

汽車の窓から見えたその顔が、まるで
遠ざかっていく額縁の中の幻の肖像画のようだったね。
たぶんあの女性は思っただろうね。
あの喪服姿の男の人と銀色のロバは誰だろうって。
決まってるよね、私たちだよね、ほかに誰が……
そうだよね、プラテーロ。

雀たち

(63)

サンチャゴの祝日の朝の空は曇って白と灰色。なんだか綿に包まれているみたい。
みんな教会のミサに行ってしまい、プラテーロと私が雀たちの庭に残った。
雀たちは、まあるい雲が時々細かな雨を降らす中
つる草の中に入ったり出たり、チュンチュン鳴いたりする。
くちばしで何かをついばんだりする動作のなんと器用なこと。
小枝に舞い降りたり、そこから飛び立って小枝を揺らしたり
積み上げられた井戸の石の上に溜まったほんのちょっとの空を飲む。
ほとんど萎れてしまってはいるけれど曇り空のおかげでちょっと活きいきと見える
花でいっぱいの物置の屋根の上に飛び上がる雀もいる。
幸せな小鳥たち、決まった祝日があるわけではないけれど
単調だけど生まれた時から自由、全くもって何をする必要もない。
でも、だからといって怠け者などと言われたりなどしない。
人にとってはそうではないけれど、教会の鐘が雀たちに告げるのはそういうこと。
やらなくてはいけないことがあったり
それがうまくできなかったりすることもなくて、なんだか満足しきっている。

彼らにはオリンポスの神々がいるわけではないし、地獄もなければ天国もない。
人間みたいに奴隷にされる心配をする必要もない。
自分らしく生きるということ以外に守らなくてはいけないものなどない。
青い空は青くて、神さまなんているはずもない。
彼らは私の兄弟、可愛い兄弟たち。
旅行だって金やスーツケースなしでできるし引っ越しも気が向いた時にすればいい。
小川の場所も、前方の木立があることもすぐにわかるから
自分の羽根を動かして快適な飛行を続けられる。
月曜とか金曜とか、そんなこと、どうだっていい。
どこでだって水浴びができるし、愛し合うのにいちいち名前を呼ぶ必要もない。
愛は普遍、愛はみんなのもの。
で、人間はといえば、ああ可哀想な人間たち。
日曜日にはみんなして家の扉を閉めて教会のミサに行く。
雀たちには、そんな習慣も儀式もなくて
愛し合うというのはこういうことだよとでもいうように楽しく愛を語らう。
やってきたかと思えば、すぐに、なにやら明るく元気に
扉が閉まって人のいない家の庭でおしゃべりをする。
そこには詩人が、雀たちもよく知っている詩人が一人と
優しいロバ、私といつも一緒のお前がいるから
雀たちは私たちのことを、兄弟だと思っているだろうね。

夏

プラテーロが血を流している。
虻に刺されたところから流れた、濃くてどす黒い一筋の血。
延々と続く松の木のセミの鳴き声。
一瞬の茫洋とした夢から目覚めて眼を開ければ
眼に映る幻のような白い砂地の景色。
酷暑それ自体の中にある寒さ。
ゴジアオイの花が、低くたちこめる煙のような
バラのような、ガーゼのような、紙のような、絹のような
大きくて輪郭がぼんやりした花をたくさん咲かせている。
白い花弁に染みた深紅の涙。

息をするのが苦しくなるような霧で
漆喰を塗ったように白く見える、背の低い松の木。
今まで一度も見たことのない黄色に黒の斑点のある鳥が枝の上で
黙ったまま、いつまでもいつまでも、動かない。

(65)

果樹園の番人たちが大きなブリキの缶を叩いて
オレンジを食べにやってきたオナガドリたちを脅す。
天を舞う無数の鳥たちの群。

やっと大きなクルミの木の陰までたどり着いてスイカを二つ割る私。
パリパリと音を立てて割れるスイカ。
新鮮な目の覚めるような音とともに割れ目から立ち上る深紅の、バラ色の霧。
自分の分のスイカを、遠くの音を聞きながらゆっくりと食べる私。
遠いところから聞こえてくる街の教会の夕暮れのお祈りを告げる鐘の音。
プラテーロは自分の分の甘い果肉を水を飲むようにして飲む。

小川

（67）

この小川はね、プラテーロ
今は干上がって水が流れていなくて、馬の牧場に行く時にここを通るけれど
この小川は私の、紙がすっかり黄ばんだ古い本のような記憶のなかに
いろんな場面と一緒に現れるんだよ。
この小川はたとえば、牧場の中の空井戸のそばを流れていたりする。
そこに咲くヒナゲシの花が太陽の光を浴びていてアプリコットの実も落ちている。
またある時は、私の心の中の、時間や空間を超えた
ありえないような場所に、というか、想像のなかにしかない場所で
重なり合ったり意味合いを変えたりしながら流れている。
この小川はね、プラテーロ
幼かった私の心のなかで、思わず微笑んでしまうくらい輝いていた。
それは幼かった私が初めて自分で見つけた宝物の一つ。
太陽の光のなかのタンポポの綿毛と同じように
私が見つけたいろんな素敵な魔法のようなものの一つなんだよ。
大草原を流れるこの小川が歌を唄うポプラの林を通って

サン・アントニオ街道へと続く道の一部なんだということを発見した時。
夏に乾いた小川の跡を歩いて行くと、いま私たちがいる、ここに着くとか
冬に、向こうのポプラの林のところからコルクの小船を川に流すと
牛が向こうからやって来た時に私が隠れる場所だったアングスティ橋の下を通って
この柘榴の木のあるところまで流れてくるということを発見した時とかね。
この小川は、そんないろんな発見の瞬間の、感動と一緒にあるんだよ。

子供の頃の夢想っていうのは、なんて魅力的なんだろうね、プラテーロ。
もしかしたらお前にもそういう夢想があるんだろうか？
今はなくても昔はあったのかもしれないけれど、とにかく
すべてのものは、いれかわりたちかわり現れ、そして消える。
そういうものを誰でもみんな、見ていることは見ているんだけど
でもすべてを、まるで空想の物語の場面を描いた挿絵くらいにしか見ていない。
だから誰だって、半分目が見えない人のように人生を歩む。
外の景色を見ているようで、実は心のなかばかりを見ていたりする。
時には人生のいろんな想いをみんな、心の影の部分に捨ててしまったり
川のほとりで確かな花を咲かせる花のように太陽に向かって心を開いたりもする。

詩は、心の一瞬の輝きと共にあるから
いちど逃せばもう二度と、その一瞬にも詩にも出会えない。

（68）

日曜日

祝日を知らせる教会の鐘が、近くへそして遠くへと鳴り響く。
その音が、祭りの日の朝のガラスのように澄み切った真っ青の空にこだまする。
楽しそうで華やかな鐘の音が街の外にも降り注いで
すでに真夏の元気を失くしてしまった野山（カンポ）を金色に染める。
みんな、農園の番人たちでさえ
祭りの行進（プロセシオン）を見るために街に行ってしまった。
だから街の外の野山にいるのは、私とプラテーロだけ。
なんて素晴らしく清らかな平和、この気持ちの良さ。
小高くなった野原でプラテーロを放し
私は、たくさんの鳥が逃げもせずに休んでいる松の木の下に寝そべって
オマール・ハイヤームの詩集を読む。

鐘の音と、もう一つの鐘の音との間の静けさのなかで
九月の朝の、内からふつふつと湧き上がってくるような何かが姿を見せ
そして私に何かを語りかける。

黒と金の模様の蜜蜂たちが
新鮮なマスカットの房をたわわに実らせた葡萄棚の周りを舞う。
まるで花かと見紛う(みまがう)チョウチョたちは
飛ぶたびに、色のメタモルフォーシスでもしたかのように姿を変える。
こうしていて感じるのは、大いなる光の哲学とでもいうべき孤独。
時々、プラテーロが草を食むのをやめて私を見る。
私もまた時々、本を読むのをやめてプラテーロを見る。

野山と訳したスペイン語の Campo（カンポ）は、スペインでよく使われる言葉で、日本語では郊外や田舎という訳語を当てるのが一般的だが、そのような日本語とは少しニュアンスが違う。一般にスペインの小さな街は、モゲールがそうであるように、丘の上に住居が寄り集まって石造りの街を形成していて、多くの場合、城壁が周りを取り囲んでいる。これは戦乱などがあった時、城内に閉じ篭るためだが、街は城壁の外と内とが一体になっていて、街での生活は街に食料などを供給する街の周りの、農園や牧場や他の街への道とともに成り立っている。つまり街で暮らす人々の多くは街の外にヒメネスの家がそうであるように農園や牧場などを持っていたり、そこで働く人がいたりして、カンポは街の人々にとって、なくてはならない生活圏となっている。つまりスペインの街はカンポと街とが一体のものとして存在しているので、日本の都市と田舎のような関係ではなく、住民はカンポに対して親しみを持っている。
オマール・ハイヤーム（Omar Khayyám 一〇四八～一一三一）は、『ルバイヤート』を著したペルシャの哲学詩人。四行詩のシンプルな形式で、過去や未来に囚われることなく目前の今の一瞬を謳歌することの大切さを謳ったということにおいて、本書に通じるものがある。

コオロギの歌

プラテーロと私は、夜にたびたび冒険をするので
コオロギの歌のことをよく知っている。
コオロギの最初の歌、黄昏（たそがれ）時の歌はなんだかおどおどしていて
声も低くあんまり流暢な歌い方じゃない。
音も安定していなくて、自分で練習をしているかのよう。
それで少しづつ上手になって、ちゃんと自分の歌の壺を見つける。
それはまるでコオロギが、歌に最適の時や場所を探していたかのよう。
で、暗緑色の夜空に星が輝き空が澄み渡る頃、急に
鈴のような音色の甘美な歌を気ままなメロディにのせて歌いはじめる。

心地よい深い紫色の風が吹き過ぎ、そしてまた吹いてくる。
夜に咲くあらゆる花々が花開き
天と地の青が溶け合う。
ぼんやりと広がって見える野原に
ある種の純粋さと神々しさのエッセンスのような香りが漂う。

（69）

昴まるコオロギの歌声が野原いっぱいに広がる。
闇の中から聞こえてくるコオロギの歌には
もうためらいもなければ、消え入るようなこともない。
一つの音がもう一つの音と
まるで双子のように全く異和感なく混じり合い
水晶のような闇とも溶け合いながら
自ずと湧き出てくるかのようなコオロギの歌。

穏やかに時が流れる。
この世に戦（いくさ）などなく
牧童たちは夢の中でどこまでも高い空を見ながら安らかに眠る。
愛というのはきっと
日干し煉瓦をうっとりとつたう草の蔓と
互いに映り合う目と目とのあいだにあるのだと思う。
空豆畑の空豆たちが街に
どんなことにもとらわれない若人（わこうど）の
健やかな裸のような優しく芳（かんば）しい香りのメッセージを送る。
月の光に照らされたいくつもの緑に染まった麦たちが
二時、三時、そして四時の風を吸って波打つ。
あんなにも響き渡っていたコオロギの歌が、いつのまにか消えていく。

あっ、でもまた、近くで聞こえた。
ああ、寒気を感じ始める頃の、夜明けの頃のコオロギの歌。
そうしてプラテーロとわたしは、夜露で白い路を通って寝床に向かう。
赤くて眠そうな月が沈む。
不思議なまでにロマンティックな月に酔い星に恋したコオロギの歌。

今はもう、いくつかの悲しげな大きな雲の縁が
紫を帯びたくすんだ青色に染まりながら、ゆっくりと海の方から
いつもの一日の始まりを告げ始めている。

闘牛

おまえは知らないよね、プラテーロ
この子たちが何のために集まってきているかを。
今日の午後の闘牛が見たいから、もし私がいいよって言ったら
お前と一緒に門番のところに行って、
私の友だちだと言って
なかに入れてくれるようにお願いしようとしているんだよ。
おいおい、そんなに怒るんじゃないよプラテーロ
ちゃんと私が、そんなこと考えるだけでもダメだって言っておいたから。

ほら、みんな変だよプラテーロ
街中の人たちが闘牛のことで頭がいっぱいだよ。
朝早くからずっと楽隊の音楽が聞こえるし、その音だって
もうなんだか居酒屋の前あたりでは調子っぱずれになってるし
馬車だって街の新しくできた上の通りや下の通りを行ったり来たりしている。
奥の方の小さな路地ではカナリア号を準備していた。

(70)

あの子どもたちにたいそう人気のある黄色い馬車は
闘牛士の一団のための馬車だよ。
パティオの花はもうすっかり闘牛の主催者(プレジデンテ)たちの
お連れのご婦人たちのために摘み取られたしね。
でも、つばの大きな帽子をかぶって、去年と同じシャツを着た若者が
酔っ払って葉巻を吹かしながらあっちこっち通りをふらついているのなんか
見たくないね。

午後の二時にね、プラテーロ
太陽の下の、あの一瞬の孤独感、真昼間の中の空白。
闘牛士とご婦人たちが衣装をつけている間に
お前と私は裏口から闘牛場にサヨナラして
去年もそうしたように野山(カンポ)に行こうね。
このお祭りの日々の間、誰からも見向きもされなくて
ほったらかしにされている誰もいない野山は
本当に美しいものね。
普段なら、若木ばかりの葡萄園や果樹園なんかに
オレンジの切り株や綺麗な小川を背を丸めて見ているお年寄りが
一人くらいは、いたりするんだけどね。

遠く街の方を見れば
ほら闘牛場のどよめきや拍手や
楽隊の音楽なんかが一緒になって、なんだかまあるく
まるで下品な王冠みたいな感じで街の上にかぶさってる。
でもそれも、
街から遠ざかって海の方に向かうにつれて消えていく。

心っていうのはね、プラテーロ
自分自身の気持ちに正直になれる人にとっての真実の女王
つまり自然という大きくて健やかな存在を敬い感謝してはじめて
それがもたらしてくれる比類のない永遠の美しさを
感じ取ることができるものなんだよ。

葡萄の収穫祭

今年はね、プラテーロ
葡萄の収穫の時期なのに
葡萄を積んだロバたちが、ほんの少ししかいないね。
六レアレス、と大きな字で葡萄の買い取り価格を書いた看板が
あっちこっちに掲げてあるのに、駄目らしいよ。
ルセナやアルモンテやパロスから来ていたロバたちは
真っ赤な血みたいな果汁が滴る黄金の液体を積んだロバたちは
一体どこでどうしているんだろうね。
いつもなら、ロバたちが葡萄をいっぱい背中に積んで
何時間も何時間も葡萄を搾る小屋の前に
長い列をなして順番が来るのを待っているのにね。
葡萄の搾り汁が路にまで流れていたし
女の人や子供たちが
水瓶や大きな壺や小さな壺で葡萄汁を運んでいたのにね。

(72)

この季節の酒蔵（ボデガ）はすごく楽しいよね、プラテーロ。
ディエスモのボデガでは
瓦屋根に覆いかぶさるようにして生えている大きなクルミの木の下で
ワイン造りの蔵人（くらんど）たちが元気で声を張り上げて歌を歌いながら
ジャラジャラと音を立てて真新しい鎖で酒樽を洗ったり
職人たちがズボンをたくし上げて、彼らの言う牡牛の血（サングレ・デ・トロ）
泡立つ新鮮な葡萄の絞り汁を入れた壺を抱えて通り過ぎたり
路地の奥の小屋の下では、木の香りのするカンナ屑に埋もれて
樽職人たちが樽に丸い穴を開けていたり……

幼いころ、私は馬のアルミランテにまたがって
酒蔵の一つの出入り口から入って、蔵人（ボデゲーロ）たちに可愛がられ
得意になって、もう一つの出入り口から出る。
二つが向かい合っているこの楽しい出入り口は
互いに酒蔵の活気や光を映しあっていた。

酒蔵の大騒ぎは夜となく昼となく、いつもなら二十日以上も続く。
見ているとクラクラして目が回るほどの
ほんと情熱的で明日のことなんか考えない大騒ぎだけれど
でも今年はね、プラテーロ

葡萄を搾る小屋はどこも窓が閉まっていて、ほとんど裏庭でできるくらいで
葡萄を絞る人だって二、三人で足りるらしいよ。
だからね、プラテーロ
今年は何かしなくちゃいけないよ、お前だって。
いつもみたいに休んでばかりはいられないよ。
ほかの荷物を積んだロバたちが
なんにも積まないでのんびりと自由にしているお前のことを見ていたよ。
だから、プラテーロが嫌われたり悪い奴だと思われたりしないように
私はプラテーロを近所のブドウ農園に連れて行った。
そこで葡萄を積むと、ゆっくりと
ほかのロバたちに混じって葡萄を搾る小屋に行った。
そしてそれから、プラテーロと一緒に
素知らぬ顔でそこを出た。

夜想曲（ノクターン）

祭りの時の街は赤い光に照らし出されて空までもが赤く染まる。
甘酸っぱい優しい風に乗って聞こえてくる昔懐かしいワルツ。
灰色と青みがかった紫と麦わら色を組み合わせた教会の鐘楼が見える。
さまよえる者たちの辺獄（リンボ）の門は今は閉じられ固く口を閉ざす。
街の外れの薄暗い酒蔵（ボデガ）の向こうの川の上に
黄色く眠そうな月が、一人ぼっちで寂しそうに沈む。
木々やその影を自らの上に乗せた野山もまた、一人ぼっち。
歌にならない歌を歌うコオロギ。
姿の見えない水たちが、星さえも溶かしてしまいそうな甘ったるい湿った声で
夢遊病者のような会話を交わす。
プラテーロが、なまあったかい寝床で悲しげな声を出す。

目を覚ました山羊たちが歩く、苛立ったように鳴る首の鈴の音。
だんだん優しくなり、やがて静かに。
遠く、大山（モンテマヨール）の方から別のロバの鳴き声が一つ

（73）

そしてバジェフエロの方から、もう一つ。
そして犬の鳴き声。

どこまでも澄み渡った明るい夜
昼間と同じように、庭の花たちの色までもが見える。
泉(フエンテ)通りの行きあたりの
赤くて倒れそうな街灯の下の家の角を一人の孤独な独身の男が曲がる。
それって私？
そうじゃない。
私は、揺れ動く金色の月が輝く薄暗い空の匂いのなかで
リラの花たちや、そよ風や影のなかで
ほかのどんなものとも比べようがない自分の心の奥深くの声を聴く……
地球が回る、汗ばみながら、優しく……

辺獄は、罪人たちがあの世とこの世とを分ける川（アケロン）を渡ったところにある最初の地獄。ここでは彷徨える魂たちはまだ罰を受けてはおらず、ダンテの『神曲』には、ここには人間たちの罪を背負って天に昇ったイエスが生まれる前の人々、つまりキリスト教徒ではないという罪はあるけれども、しかし地獄で責めにあうような罪を犯していない人たちの魂が集まっていて、そこには、アリストテレスやソクラテスなどの古の賢者たちもいると記されている。

至福の午睡（シエスタ）

なんて哀しい美しさ。
私がイチジクの木の下で目を覚ました時の黄色く色あせた午後の太陽。
ゴジアオイの花を溶かした香りをのせた乾いたそよ風が
目を覚ましたばかりの汗ばんだ私を撫でる。
老いた優しいイチジクの木の大きな木の葉がかすかに揺れて
私は木の葉の影に入ったり、かと思うと、眩しい光があたったりする。
なんだか太陽の下から影の下へと、影から光へと揺れる揺りかごに
そっと入れられていたかのよう。

遠くの、乾ききった村から、透き通ったガラスのような風の波に乗って
三時のお祈りを告げる鐘の音が聞こえる。
そんな音が漂うなか、真っ赤に熟れた甘いスイカを私から奪ったプラテーロが
じっと立ったまま、大きな、もの言いたげな眼で私を見つめる。
その眼の辺りを緑色の蝿がペタペタ歩き回る。
ちょっと気怠そうなその眼を目にしているうちに

(75)

私の眼もまた閉じてしまいそうになる。
また風が吹いてきた。
どこへ飛ぼうかなという仕草をしていた一羽のチョウチョが不意に羽根を閉じた。
羽根を……
私の瞼も力をなくして
きっとすぐに閉じてしまう……

植物園

首都(カピタル)にやってきたわけだから
せっかくだから、プラテーロが植物園を見たらいいと私は思った。
そこで私たちは、ゆっくりと歩いて植物園の下の方に着いた。
そこから、まだ葉をつけたアカシアとプラタナスの
素敵な木陰のなかを門の方に上る。
プラテーロが歩くと、水が撒かれてピカピカした
青い空の色を映した敷石が音を立てる。
ところどころ、ポツリポツリと、落ちた白い花弁(はなびら)。
水を吸って、ほんのりと甘く繊細な香りを放つ。

なんて気持ちがいいんだろう。
水が撒かれた庭から同じように香りが漂う。
植物園を囲っている鉄の柵に絡まる色鮮やかな蔦の葉から水が滴る。
植物園のなかには遊ぶ子どもたち。
辺りに漂う白い香りのなかの子どもたちの甲高い遊び声。

（77）

チンチンと鳴る鐘の音がして
紫色の旗を立てて緑色のおおいをつけた
園内を走り回る小さな遊覧馬車が通る。
柘榴の赤と金色で飾られた、船の形をしたナッツ売りの店もある。
落花生をつなげてつくった網、煙突から煙まで出して。
巨大な空とぶ葡萄の房のような、青や緑や赤の風船を持った風船売りの女の子。
赤いブリキの缶の下には、疲れた顔をしたコーンアイスクリーム売り。
見上げれば、鬱蒼（うっそう）と茂る木の葉は、近づく秋のせいでもう浅黄色。
けれど糸杉となつめ椰子の木は、いつものように活きいきと
燃え上がるような黄色い月に最高にマッチして、バラ色の雲に映える。

もう入り口に着いた。
で、私が植物園に入ろうとすると
青い制服を着て、黄色い杖を持ち、大きな銀時計をつけた門番が言った。

　旦那、ロバは入れねえだ。
　ロバ？　どこにロバが？

私は、プラテーロではなく、向こうの方を見ながら
どこにロバがいるのか探すようなそぶりをした。

普通に見ればプラテーロが動物の形をしていることをすっかり忘れてた。

ロバったら旦那、ロバだがね、ロバはロバ。

まあ、これが現実というもの、プラテーロは確かにロバ。
だから入っちゃいけないっていうのなら
私は人間だけれども、でも私だって入りたくない。
そこで私はまたプラテーロと一緒に、植物園から下る路を行った。
プラテーロを撫でながら……
プラテーロと、話題を変えて話をしながら……

冒頭のカピタル（capital）は首都と訳したが、これはスペインの首都のマドリッドではなく、モゲールの街のあるウエルバ県の首都のウエルバのこと。スペインは近代国家が一般にそうであるように、中央集権的な制度をもつ国家ではあるけれども、地域がそれぞれの地域文化を重んじる気風が極めて高く、カタルニアやバスクだけではなくどこでも、とりわけアンダルシアや、それを構成する県や街は、どこもみな郷土の歴史や文化や街に誇りを持っている。したがって首都というのは、彼らの感覚の中では、ウエルバ県の県庁所在地のウエルバということになる。同じように、大統領といえば、スペインでは一般には、県知事や州知事のことをいう。

月

プラテーロは裏庭の井戸の水を桶に二杯、星と一緒に飲むと
ゆっくりと、気が進まなさそうなようすで
背の高いひまわりのあいだを通って小屋に戻った。

私は、そんなプラテーロを入り口のところで
白い石灰を塗った柱のところに坐って待っていた。
なま暖かい風の中に漂う香水草(ヘリオトロープ)の甘い香りが私を包んでいた。
ひさしには、九月の気怠い湿気。
遠い野山はすでに眠り、松林の方からは、強い風が吹いてきた。
大きくて黒い巨大な鶏のような形をした雲が
黄金の卵を産み落としたかのような月が丘の上に……
私は月に向かってイタリアの詩人の詩を呟いた。

でも、ひとりぼっち
空には、月

(78)

誰にも、夢の中でしか、見てもらえない、月

プラテーロが体をぶるっと震わせてじっと私を見つめた。
震わせた体がどこかにあたって、硬い音が優しく響いた。
プラテーロは一所懸命私を見つめて、もう一度、体を震わせた。

喜び

プラテーロがディアナと遊んでいる。
ディアナは真っ白い綺麗な犬。
まるで満ちていく時の月のよう。
プラテーロは老いた山羊や子どもたちとも遊ぶ。
ディアナがロバのプラテーロの目の前で
首につけた鈴を鳴らしながら軽快に、しかも優雅に飛び跳ねる。
時々プラテーロの鼻をかむような仕草をする。
するとプラテーロは、まるで尖った竜舌蘭の葉先のように
両の耳をピンとツノみたいに立ててディアナに突進して
花が咲いている草むらに優しく転がす。
山羊はプラテーロの横に行くと前足でプラテーロに触れ
プラテーロの背中についたガマの葉を歯で引っ張る。
山羊の口元には小さなヒナゲシ、そしてヒナギクも……
山羊が今度はプラテーロの前に行って、ひたいの角で小突く。
かと思うと、飛び跳ねて嬉しそうに鳴く。

(79)

まるで女の娘(こ)のような甘えかた。

子どもたちのなかではプラテーロは、まるでおもちゃ。
どんなことをされてもじっと我慢をして、馬鹿みたいにしてみたり
背中の子どもが落ちないよう注意深くゆっくり歩いたり
かと思うと、急に駆け出すふりをして、子どもたちを驚かす。

モゲールの秋の晴れた午後。
十月の清らかな空気が澄んだ音たちとまじりあいながら
のどかな、いろんな喜びの音と共に谷間を吹き上っていく。
動物たちの鳴き声や、子どもたちの笑い声や、犬の声や
鈴の音と一緒に……

鴨たちが渡っていく

（80）

プラテーロのところに行って水をあげた。
静かに晴れ渡った夜、雲は薄く、空には星。
静かな裏庭の上空で、さっきからずっと
笛のような音が空を行き過ぎて行くのがはっきり聞こえる。
鴨たちだ。
荒れた海を逃れて内陸に向かっている。
私たちが空に昇ったのか、それとも彼らが舞い降りてきたのか分からないくらいに
鴨たちの翼や嘴（くちばし）がたてるかすかな音がはっきりと聞こえる。
野原にいるとき、遠くにいる人の声が
なぜかはっきり聞こえることがあるけれども、それと同じ感じ。

プラテーロは時々、水を飲むのをやめ
私と同じように、まるでミレーの絵の中の女の人のように
頭を起こして夜空の星を見上げる。
限りのない優しさ、懐かしさを感じながら……

小さな女の子

（81）

あの小さな女の子は、プラテーロの栄光そのものだった。
リラの花の間を、白い服と藁帽子をかぶった彼女が近づいてきて
気取った調子で、プラテーロ、プラテーロちゃーん、と呼ぶと
プラテーロは、まるで狂ったように鳴きながら
つないである綱を引きちぎろうとして子どもみたいに飛び上がった。

あの小さな女の子は、プラテーロのことを信じ切っていたから
何度もなんどもプラテーロのお腹の下をくぐったり
ちっちゃな足で蹴ってみたり
無垢な月下香のような白い手を
黄色い大きなアーモンドの実のような歯の並んだプラテーロの
大きな赤い口の中に入れたりした。
女の子の手が届くところまでプラテーロが頭を下げると
両方の耳を引っ張りながら、甘えた声で
ありとあらゆる言い方でプラテーロの名前を呼んだ。

プラテーロ、プラテーロ、プラテーロ、プラテーロ、プラテーロ。

小さな女の子が、この世の下にある、死の国へと続く川を
高貴なゆりかごに乗って渡って行ったあの何日かのあいだ
誰もプラテーロのことなど気にかけなかった。
でも小さな女の子は、死の床でうなされながら小さな声で悲しそうに
プラテーロちゃーん、と何度か呼んだ。
はるかかなたから悲しげに友を呼ぶその声をプラテーロは
ため息が沈み込んだ暗い小屋の中で、何度か聞いた。
ああ、憂鬱な夏。

九月の午後の埋葬の日。
その日のために神さまは、なしうる限りの荘厳なしつらえをした。
今日と同じように、陽が傾きかけた九月の空。
薔薇色の空の下の墓地に鳴り響く鐘の音。
天国へと続く栄光の道よ、天国の扉よ開かれよと鳴り響く、最後の時の鐘の音。

私は家々の壁の間を一人寂しく家へと向かい、裏口から家に入った。
それから人目を避けて小屋に行き、坐って
プラテーロと一緒に、いろんなことを想った。

牧童

空を深い紫が覆い、暗くて少し不気味な夜の闇へと変わる頃、私は丘の上にいた。
透き通った緑色が残る西の空を背にして
黒い姿だけが見える牧童が金星の瞬く下で羊飼いの笛を吹く。
大地にはいつくばるようにして咲いている花々
もう暗くて姿は見えなくて、その匂いだけがする。
影さえも消えてしまったのに、際立(きわだ)つ香りで花の姿まで見えるよう。
カランコロンカランコロン、羊が首につけたベルの甘く乾いた音。
ふと、その音が止まる。
村に入る前に、羊の群れがいつもの場所で一瞬止まり、そしてばらける。

　なあ若旦那よう、もしもそのロバがおいらのもんだったらなあ。

とことん日焼けした、まだ子どもっぽい牧童。
夜も間近の、実にのどかな、何もあまりはっきりとは見えない時の中でも
牧童の抜け目のなさそうな目は、どんな一瞬の光だって見逃さない。

(82)

善きセビージャ人画家の、バルトロメ・エステバンが描いた絵の中の
物乞いのような牧童。

ロバをあげてもいいんだけどね……
けどプラテーロ、もしお前がいなかったら
私はどこにも行けないものね。

まあるい月が、モンテマヨールの礼拝堂の上に上り
ゆっくりと、昼の明るさがまだぼんやりと残っている野原の方へ移り
野山に月の光を振りまき始める。
花咲く大地は今はもう、夢の中の景色。
なんて言えばいいんだろう、大地一帯が、まるで素朴で素敵なレース編み。
岩山の岩たちが、昼よりもっと大きく間近に見えて、そしてもっと悲しそう。
目には見えない小川の水が、いつもより泣いているように聞こえる。
もう遠くのほうにいる牧童の、物欲しげな大きな声が、また。

ああ、あのロバが、おいらのもんだったらなあ……

カナリアが死んだ

見てごらんプラテーロ、今朝、明け方に
子どもたちのカナリアが銀の籠の中で死んでしまったよ。
たしかに、とても歳をとっていたものね。
最後の冬に、お前もよく覚えているでしょう。
なんだか静かにしていて、頭を胸の中に隠していたし
春になって、庭に太陽の光が居間の中にも射し込んできて
パティオでいちばん綺麗なバラが咲いて
カナリアだってきっと、新たな年を生きようとしたと思うんだけど
歌ったりもしたけれど、でもその声はもう弱々しくて
古くて音がよく出ないフルートみたいに息苦しそうだった。
カナリアの面倒をみていた子どもたちのなかのいちばん大きな子が
籠の奥で冷たくなっているカナリアを見つけたんだ。
それで動転して、泣き声になって言ったんだ。

僕のせいじゃないよ、ご飯だって水だって、ちゃんとあげたんだよお。

(83)

そうだよ、そうだよ、あの子のせいなんかじゃないよ、プラテーロ。
カナリアが死んだのは、なんて言ったらいいか
もしかしたら、野山が恋しかったからかもしれない。
そこにはもう一羽の、老いたカナリアがいるかもしれないから……

プラテーロ、鳥たちの天国というのはあるんだろうか。
あの青い空の上に、緑でいっぱいのお花畑があるんだろうか。
そこらじゅうに金色の薔薇が咲いていて
白い色や、薔薇色や、水色や、黄色の鳥たちの魂たちがいる……

そうだ、プラテーロ。
夜になったら、子どもたちとお前と私とで
死んだカナリアを庭に連れて行こうよ。
今夜はちょうど満月だし、淡い銀色の光に照らされて
ブランカの無垢な白い白い掌（てのひら）で
可哀想な歌唄いは、しぼんだアヤメの淡い黄色の花のようにも見えるだろうね。
それからみんなで埋葬（うめ）ようよ、あの大きな薔薇の木の下に……

春になったら、プラテーロ

真っ白な薔薇の花芯から飛び立つ鳥を見なくちゃね。
そのときには、香り立つ風が歌を唄うように感じるかもしれないね。
四月の陽の光のなかには、透きとおって目には見えない翼だってあるだろうね。
どこまでも明るく澄んだ歌声の、その一つを
私たちにそっと届けてくれるかもしれないね。

ブランカ（Blanca）は、子どもたちのなかの一人の女の子の名前。「ブランカの無垢な白い白い掌」の部分の原文には白いという言葉は入っていないが、ブランカというスペイン語には白という意味があるので、そのニュアンスを入れてこのように訳した。

なお、「カナリアが死んだのは～老いたカナリアがいるかもしれないから……」と訳した部分の原文は「Se ha muerto por que sí - diría Campoamor, otro canario viejo」で、そのまま訳せば、「死ぬべくして死んだ、そう、もう一人の老いたカナリアのカンポアモールなら言うだろう」となる。この中のカンポアモール（Campoamor）とは、ヒメネスよりも少し前の世代のスペインの詩人、ラモン・デ・カンポアモールのこと。当時カンポアモールは、詩人としてはあまり人気がなく、どちらかと言えばヒメネスの時代には、そのやや高踏的な作風が何かと批判の対象になっていた存在でもあり、ヒメネスの表現のこの部分には、やや唐突な、同時代の詩人たちの間でしか分からないような批判的な、あるいは詩人の詩風を揶揄するニュアンスが感じられる。

しかしその文章の中の、カンポアモールは、野山（campo）と、愛（amor）が合わさった言葉。この言葉はおそらく、中央の詩壇から離れてモゲールで療養していたヒメネス自身のやや複雑な想いから、つい口をついて出た言葉で、一種の言葉遊びをしていると思われるが、それは当時のスペインの詩人のシーンから離れた現代の日本人の感覚には響かず、またこの文章の全体のトーンにふさわしくないので、言葉遊びの方を重視し、文中の「カンポアモール」と、「もう一羽の老いたカナリア（otro canario viejo）」、という言葉の響きや意味や美しさを大切にして、あえてこのように訳した。

丘

見たことなんてないでしょう、プラテーロ
私が丘の上でロマンチックに、まるで古典的な絵にあるように
横になって空を見上げて、しばし時を過ごしているところなんて。
そうしていると、牛たちが通る、犬たちも通る、カラスだってくる。
でも私は、そのままじっと動かない、そんなものに気を取られたりもしない。
夜になって、自分の姿が影の中に入ってしまった時、初めて私は腰をあげる。
そのようにしてあの丘に私が最初に行ったのは、果たしていつのことだったたか。
もしかしたらそんな始まりなどなかったかもしれない、と思うくらい。

その丘ってのは、もうわかるよね、プラテーロ
もちろん、あの夕陽に赤く染まった丘のことだよ。
古くからあるコバノの葡萄畑の向こうに
横たわった男の人か女の人の胴体みたいな形をしている丘のことだよ。
あの丘で、どんなにたくさんの本を読んだだろう。
どんなに考え事をしただろう。

(84)

私の心のなかのあらゆる美術館には、私が自分で描いた私の自画像があって
それは、こんな風な絵柄をしている。
黒い影のような私が地面の上に寝転がっている。
私自身に背中を向けて、おまえに背中を向けて、と言うか
私を見ようとしているすべての人に背を向けて……
そうして私は、私の目と夕陽との間で
いろんなことを自由気ままに考えている。
ピーニャの家の方から私を呼ぶ声がする。
もしかしたらその声で、私がご飯を食べに、あるいは眠りに家に来るかなと……
たぶん私は呼び声に応じて行くと思う。
でももしかしたら、そのままその場所にとどまるかもしれない、とも思う。
でも確かなことは、私にわかっているのは、プラテーロ
そんなとき、私は、ここにいてここにいない、ということ。
お前とも一緒にいないし、ここがどこかさえわからない。
もう死んでいるのかもしれないけれど、お墓の中にいるわけじゃない。
私がいるのは、赤い丘。
まるでロマンティックな時代の古典絵画みたいな絵のなかで
本を手にして、川に夕陽が沈んでいくのを見ている。

秋

太陽はもう、プラテーロ
ベッドから出るのが面倒だと感じはじめているみたいだね。
太陽よりも、お百姓さんたちの方が目を覚ますのが早いくらいだよ。
確かに太陽は、裸んぼ、涼しくなってきたね。
北風が、ずいぶん激しく吹くね、ごらん地面に、小枝がたくさん落ちている。
風が北からあんまりまっすぐ激しく吹くから
木々の枝の先がみんな揃って南を向いていたものね。

戦争のための無骨な武器みたいな鋤(すき)が畑の方に出て行くよ。
楽しい平和な畑仕事をしにいくんだよ、プラテーロ。

湿っぽい幅の広い路の木々の葉は
やがてまたきっと緑になると知って黄色くなっているよ。
木々の葉が、こちらからもあちらからも速足で路を行く私たちに
綺麗な金色の柔らかな炎のような光を放ってくれているね。

(85)

つながれた犬

秋の始まりというのは、プラテーロ
私にとっては、誰もいない裏庭やパティオや庭で啼いている
一匹のつながれた犬の無垢な遠吠えのようなものなんだ。
寒く悲しくなってきた午後に聞こえ始めたその啼き声は……
この二、三日、木々の葉は日増しに黄色く色づいてきているけれど
つながれた犬が沈みゆく太陽に向かって吠えているその声を
私はどこにいても聞いているような、そんな気がするんだよ。
あの犬の啼き声が私には、なぜか挽歌(エレジー)のように聞こえてならない。

人生は、何もかも一瞬のうちに過ぎていく。
それはまるで、一人の欲深な男の手に最後に残った僅かばかりの黄金が
刻々と失われていくかのよう。
欲深な男は、そのほとんど残っていない黄金を
なんとかしてどこかに残しておけないかと必死になるけれど
それはちょうど子どもたちが、割れた鏡のカケラで太陽の光を拾って

（86）

その光を、影になった壁の方に持って行って映す映像のようなもの。
そこにあるのは、蝶々や乾いた葉っぱと一緒にあった光ではなく
反射された光のかけら。

スズメたちやクロウタドリたちが
オレンジやアカシアの木の枝からより高いところにある枝へと
太陽の光を求めて飛び移る。
でも太陽は、やがて薔薇色になり
そして薄紫色になっていく。
美だけが、儚い一瞬を
さりげなく永遠に変えることができる。
生きているあいだにも、死はいつだって生と共に歩んでいる。
犬が吠える、鋭く、激しく。
きっと死ぬことなんて意識せず、美に向かって……

十月の午後

（88）

夏休み（バカシオネス）が過ぎて
木の葉が黄色くなりはじめるとすぐに
子どもたちは学校に戻った。
孤独。

木の葉が落ちた家に降り注ぐ太陽の光が
なんだかうつろ。
遠くから、もしかしたら現実ではないところから悲鳴が聞こえたのは
あれは幻？

まだ花を残した薔薇の木の上で午後がゆっくりと暮れていく。
夕陽の輝きが毎日まいにち、
最後に残った薔薇たちと交じり合う。
そして庭。

燃え上がる香水の炎のように燃えて
燃える日没の光と溶け合おうとするかのよう。
あたりいちめん焦げた薔薇の匂い。
静寂。

私と同じように退屈を持て余すプラテーロ。
何をしていいかわからない。
ほんの少しずつ私に近づいてくる。
ちょっとためらい、そしてとうとう納得して
乾いた硬いレンガを踏んでやってくる。
そして私と一緒に
家の中に入る。

摘みのこされた葡萄

(90)

十月の長雨の後の、眩しいほどに晴れた青空の日
みんなで葡萄畑に行った。
プラテーロの背に乗せた振り分け籠の片方には、お弁当と女の子たちの帽子。
もう片方には、釣り合いをとるために
杏の花のような柔らかな白とピンクの服を着た女の子のブランカ。
生まれ変わった野山の素晴らしさ。
何本もの、溢れるほどの水をたたえた小川が流れる。
畑の土は柔らかく、畑の周りのポプラの木々には
まだ黄色い木の葉が残っていて、黒い鳥の姿も見えた。
突然、女の子たちが一人また一人と一斉に駆け出しながら叫ぶ。

　葡萄だあ～　葡萄だあ～

古い葡萄の一株の、長く絡まった蔓には
もう黒く色が変わったまま乾いてしまったとはいえまだ葡萄の葉がついていて

焼け付くような日の光を受けて、琥珀色をした綺麗な
まだ十分美味しく食べられそうな葡萄のひと房が輝いているのが見える。
まるでピカピカした秋の女の人の肌みたい。

みんな、あれが欲しかったら採るんだ！

するとヴィクトリアがすぐに採って背中に隠す。
そこで私が、それを頂戴って言うと
ヴィクトリアは、女性になりかけている年頃の女の子ならではの素直さで
採った葡萄の房を自分の意思でそうするかのように進んで私に渡してくれた。
その葡萄の房には、五つの大きな葡萄の粒がついていた。
私はその一つをヴィクトリアに、一つをブランカに、一つをローラに、
一つをペパに、つまりは子どもたちにあげた。
で、最後の一粒を、みんなが笑って手を叩くなか、プラテーロにあげた。
するとプラテーロは、その一粒を、なんだか無愛想に
大きな前歯ではさんで取った。

アルミランテ

お前は知らないよね、プラテーロ
お前がここにやってくる前に連れていかれたんだ。
気高くあるということはどういうことかを、私は彼から学んだ。
ほら、彼のものだったまぐさ桶にはまだ名札がつけてあるし
その中には、鞍やクツワや手綱（たづな）がまだ入っている。

初めて裏庭に入ってきた時、本当に嬉しくて夢のようだったよプラテーロ。
彼が生まれ育ったのは海辺の方の湿地帯。
で、ここに来て私にたくさんの強さを楽しく生きていく活力をもたらしてくれた。
本当に美しかった。朝、ずいぶん早くに一緒に川辺を下ったりした。
ギャロップで湿地を行けば、ミヤマガラスの幾つもの群れが
使われていない風車のあたりを飛び交う。
それから道を上り、硬く小刻みな足音を響かせてヌエバ通りに入る。

ある冬の日の午後

（91）

サン・ファンの街にボデガをいくつも持っているムッシュー・デュポンが
乗馬用の鞭を手にして家にやって来た。
ムッシュー・デュポンは丸テーブルの上にお金を何枚か置くと
ラウラと一緒の裏庭の方に行った。
それから、もう夜になろうとする頃だったけれど
ムッシュー・デュポンがアルミランテをシャロット馬車につないで
ヌエバ通りを上って行くのが窓から見えた。
雨が降っていた、夢の中の出来事のようだった。

それから何日も何日ものあいだ私の心臓は締め付けられたままだった。
それでお医者さんを呼ばなくちゃならなくなって
お医者さんは、なんだか変な匂いの薬とか鎮痛剤とか、ほかにもいろいろくれた。
とにかく時が過ぎて、すべてがぼんやりとした記憶となって
私がそのことを考えなくなるまでは、ということだった。
私からロードが奪われてしまった時
そしてプラテーロ、小さな女の子の時もそうだった。
だからね、そうなんだよプラテーロ
アルミランテは親友だったんだよ、お前と同じようにね。

ロードは51話に登場した犬、小さな女の子は、81話に登場した女の子、アルミランテは72話に登場した馬。

寸描（すんびょう）

（92）

見てごらん、プラテーロ
刈り入れの後、しばらくして鋤を入れられて耕されたばかりの畑の土が
湿り気を含んで柔らかそうだね。
真っ直な畝（うね）が、種を撒かれてきれいに並んでいるね。
そこから元気で軽やかな新芽が、もう出てきているよ。

太陽が早く沈むようになったね。
沈む時の太陽の金色の光がずいぶん長く伸びて……
寒さが苦手な鳥たちが群れをなして
高い空を南の方へ、アフリカの方へと飛んで行くね。
吹いているかどうかさえわからないくらいの、ほんの少しの風が
枝に残っていた最後の黄色い葉たちを吹き落として木々たちを丸裸にしてしまう。

こんな黙りこくってなんにも言わないような季節には、プラテーロ
どうしても心のことを考えてしまうよね。

もうすぐ新しい友達がやってくるよ、新しい本がね。
とても上品な、選びに選んだ本だよ。
この季節に本を開けば
私たちの目の前にあるのは、どこまでも開かれた野山。
そんな野山は、ずっとなんにもまとっていないままだから
邪魔されないで考えごとをするには最適だね。

見てごらんプラテーロ。
この木が緑の木の葉をたたえて日陰をつくり、何かをささやきながら
私たちのシエスタを見守ってくれていたのは、ほんの一ヶ月前のことだよ。
なのに今は、たった一本で
ちっちゃくて、乾いて幹と枝だけになって
さっさと沈んで行く太陽の、日没の悲しげな黄色い光の中で
この木と一緒にいるのは
わずかに残った木の葉の陰の一羽の黒い鳥だけだよ。

ウロコ

アセーニャ通りから向こうは、プラテーロ
モゲールは違う街になるんだよ。
そこから先は船乗りたちの街なんだ。
話し方も違う、言葉づかいが船乗りっぽくなるんだ。
話が奔放だし身振り手振りも大きいしね。
身なりも派手で、男の方が女よりオシャレなくらい。
ずっしり重い飾り鎖を付けてるし
上等の葉巻をふかしたり、柄の長いパイプでタバコを吸ったりする。
地味で愛想なしで飾り気のないカレテリア街区の人たち、例えばラポソと
リベラ通りの、陽気で日に焼けた金髪の、お前も知ってるピコンとは全然違う。

サン・フランシスコ教会の聖具保管係の娘の
コラル通りのグラナディージャは
家に来るとお手伝いさんたちを相手に台所で話すんだけど、そうすると
活きいきと面白おかしく話す声が台所じゅうに響き渡る。

家のお手伝いさんたちは、一人はフリセタ、一人はモントゥリオ
もう一人はオルノスから来ているんだけど
みんなただただ呆然とグラナディージャの話を聞くばかり。
話は、カディスのこととか、タリファのこととか、島のこととか
タバコの密輸や、イギリスの布や、絹の下着や銀や金のことだったりするけど
ひとしきり話したあと、巻き毛のグラナディージャは
小柄で身軽な体に黒の薄い縮み織りのスカーフを巻いて
フラメンコのサパテアードよろしく、靴の踵をカンカン踏み鳴らし
くるくる踊り回りながら退場する。

とり残されたお手伝いさんたちは、みんなそれぞれ
グラナディージャが口にしたカラフルな言葉のことで盛り上がる。
見ればモンテマヨールが、一枚の魚のウロコを手に
左の目を手で塞いで、右目でウロコを太陽にかざして何かを見ている。
何しているのと私が言うと
カルメンの聖母よ、こうするとカルメンの聖母が
虹の下で、刺繍の入ったマントを広げておられるのが見えるの、との答え。
カルメンの聖母、船乗りたちの守り神。
きっとホントだね、だってグラナディージャがそう言ってたものね。

川

見てごらん、プラテーロ
鉱山の間を流れる川がどうなったかを。
邪悪な心、酷い仕打。
そこらじゅうから悪いものを溶かし込んで
あんな色になってしまわなかったら……

今日の午後だって
日没の紫がかった黄色い光の中を水が流れているけれど
でもあの川を通るのは今、おもちゃの船くらい。
情けないね。

昔は、ワインを運ぶ一本マストの大きなラウーデ船や
二本マストの帆船のベルガンティンや、三本マストのファルーチョ船や
狼号(ロボ)や、若き麗しきエロイサ号や
なんでもやらなくてはいけなくて大変だったキンテーロが船長をしていた

(95)

私の父が持っていたサンファン・カジェターノ号。
おじさんが持っていた船で、ピコンに任せていた星(エストレージャ)号。
いろんな船のマストが入り乱れて
サンファンの港の空を向いて楽しそうに立っていたものだよ。
そうして空に突き出た大きなマストは子どもたちの憧れの的だったし
そこから、マラガやカディスやジブラルタルに向かって出航して行ったものだよ。
船が沈みそうになるくらい、たくさんのワインを積んでね。
そんな船に混じって、小さな帆船のランチャーがあって
そこにはそれぞれ眼や護り神や船の名前が
緑色や青色や白色や黄色や赤色で描いてあったから
港は大混雑で、波がいろんな色を映していた。
イワシや牡蠣やウナギや舌平目やカニなどを水揚げする漁師たちもいた。

でも鉱山の毒がリオティント川を毒の川にしてしまった。
そんなわけで、お金持ちたちはこのあたりの魚を食べなくなってしまった。
まあ、お金持ちたちに嫌われたから、今は貧乏人たちが
惨めなことになってしまったそんな魚を安く食べられるようになったのは
せめてもの救いだと、言えなくもないけれど……
でもプラテーロ、そんなわけで、ファルーチョも、ベルガンティンも、ラウーデも
みんないなくなってしまった。

悲しいね。
クリスト号が、潮が満ちたり引いたりするなかで高波を見ることも、もうない。
今あるのはただ、汚れたボロを着た痩せた物乞いの死体から流れる
ほんの一筋の血の流れ。
疲れ切って生きた気配のない赤い錆色をした川の流れ。
ちょうど同じような色をした赤い太陽がエストレージャ号の上に。
バラバラに壊れ、黒く朽ち果て
まるで焼け焦げた巨大な魚の骨のようになってしまったエストレージャ号の
傷ついた竜骨（キール）が空を向いている。
そこにあるのは胸が締め付けられるような苦しさ
哀しく寂しい私の心。

そんなところで
湾岸警備人の子どもたちが遊んでいる。

柘榴

この柘榴(ザクロ)は実に見事だね、プラテーロ
アゲディージャが届けてくれたんだ。
彼女の修道院の、小川のほとりの果樹園のなかの一番いいのをね。
これを見ていると、この実を育てた水の新鮮さがよくわかる。
こんな果物はほかにはないよね。
健康な新鮮さが弾けているようだね。
さあ一緒に食べよう。

柘榴っていうのは、プラテーロ
ホントに素敵で趣味のいい果実だね。
皮は硬くて苦くて乾いていて、大地に根を張ったみたいに剥きにくくて
でも、皮にくっついている柘榴の実の最初の一口のこの甘さ。
夜明けの光がこのルビーの粒をつくったんだね。
いよいよだよ、プラテーロ。
とっても薄い膜に包まれた、ビッシリ詰まった見事な実、完璧。

(96)

素敵な宝石、食べられる紫水晶(アメジスト)。
ジューシーでしっかりした味。
どこかのうら若い女王の心臓みたい。
ほら実がいっぱい詰まってる。
食べなプラテーロ。
すっごく美味しいね。
快楽の極みだね。
赤くて鮮やかな熟れきった豊かな果実に歯が埋もれていく。
ちょっと待って、喋ってなんかいられない。
せわしなく模様が変わる万華鏡の色彩の迷宮に分け入って
目が眩んでしまったみたいな心地良さ。
あれ、もうみんな食べちゃった。

柘榴の木は私の家にはもうないんだ、プラテーロ。
お前はフローレス通りのボデガの中庭にあった柘榴の木を見たことがあったかな。
午後になると、みんなでよくそこに行ったっけ。
コラール通りの家々の裏庭が見える壊れた壁のところを通って……
どの家もそれぞれに素敵で、野山や川も見えて、
警護兵のトランペットや、シエラのレンガ工場の音も聞こえて……
それは私が知らなくて、新しく発見した場所だった。

そこにいくと、いつも素敵な詩が浮かんだ。
太陽が沈む時、その夕陽の色で
素晴らしい宝物の宝庫のような柘榴の木が燃え上がる。
側のイチジクの木の陰には井戸があって
その木にはイモリが、あんまりたくさんいるものだから
井戸は使い物にならなかった。

柘榴、モゲールの果物、モゲールの紋章の華。
沈み行く緋色の太陽に向かって開いた柘榴の実。
静かに眠るペラル渓谷の、サバリエゴの、小川の流れる女修道院の畑の柘榴。
陽はもう落ちてしまったけれど
すっかり夜になるまでいろんなことを考え続ける私の想いを映すかのように
川面は空の赤を、まだ映している。

古い墓地

プラテーロ、どうしてもお前に
一緒になかに入ってもらいたかったんだよ。
煉瓦職人のロバたちのなかに隠してお前を連れてきたのはそのためなんだ。
墓掘り人に見つからないようにね。
もうここは、静かな古い墓地の中だよ。
さあ、進んで……

ここがサン・ホセのパティオと呼ばれている場所だよ。
陽の当たらない、草の生えた柵が倒れている片隅
ここは神父さんたちが埋葬される場所。
この、石灰が塗ってあるけど、もうすっかり剥げ落ちてしまっている小さな場所
西に傾きかけた午後の三時の太陽の光に照りつけられて
ゆらゆらと溶けそうになっているこの場所には
子どもたちが埋葬されているんだよ。
あ、海軍大将のお墓がある

(97)

ドーニャ・ベニータのお墓も……
ここは、貧しい人たちが埋葬されている場所……

スズメたちが糸杉の葉のなかに、さかんに入ったり出たりしている。
とってもとっても楽しそうだね。
サルビアの向こうに頭のてっぺんに飾り羽をつけたヤツガシラが見えるでしょう。
あの鳥は、壁に埋め込むようになっているお墓のところに巣をつくるんだよ……

墓掘り人の子どもたちだね。
ほら、パンに色をつけたラードを塗って美味しそうに食べている。
見てごらん、プラテーロ、あの白い二羽の蝶々たちを……

ここからは新しい墓地……
ちょっと待って、プラテーロ、聴こえる？
駅の方に向かう三時の馬車の鈴の音だね……
あの松の木は、風車のところにある松の木……
ドーニャ・ルツガルダのお墓……
船長のアルフレディート・ラモスのお墓……
子どもの頃、ある春の午後に兄と一緒に
小さな子どものお棺を運んだ。

ペペ・サンチェスやアントニオ・リベロも一緒だった。
静かにして……
リオティントからの汽車が橋を渡ってる……
もう少し行こう……

可哀想なカルメン、結核だったんだ
あんなに綺麗だったのにね、プラテーロ……
ごらん、薔薇の花が太陽の光を受けて輝いている……
ここに眠っているのは、目が見えなくて
自分の黒い瞳で見ることはできなかったかもしれないけれど
美しい月下香のようだった女の子……

そして、プラテーロ
ここにいるのは、私の父……
プラテーロ……

ヒメネスは、十九歳の時（一九〇〇年）に父を亡くした。若くして学業より詩に魅力を感じるようになり、アンダルシアを離れてマドリッドで詩に夢中になっていたヒメネスを父親は温かく見守ってくれていた。そんな良き理解者であり最愛の後ろ盾であった父を失った哀しみで、ヒメネスは精神のバランスを崩し、フランスの精神病院で療養することになる。そんななかでも詩を学び詩を書き続けたヒメネスだが、なかなか病からは回復せず、父の死の五年後に故郷のモゲールに帰って療養を続けることになる。『プラテーロと私』は、主にその頃のことを書き綴った作品で、一九一一年にマドリッドに戻ったヒメネスが、生涯の妻となるセノビア・カンプルビ（Zenobia Camprubí）と出会った後、一九一四年に出版された。

なおスペインでは一般的に火葬はせずに埋葬する。裕福な人たちは、教会の地下に埋葬されたり、墓地に小さな家のようなお墓をつくって、そこにファミリーを埋葬したりする。ヒメネスの父親もそうして墓地に埋葬されたのだろう。

しかし、そのようなことができない貧しい人たちのための公営の墓地では、今ではお棺をいくつも収納する棺のアパートのようなものが建てられていて、そこに遺体を収納できるようになっている。一般的には縦に四、五段のスペースが積み重ねられた高さで、それを横に並べた厚い壁のような形のものが多い。収納したのち小さな扉（蓋）が閉められ、そこに故人の名前や業績を彫り込んだり、今日では写真を焼き付けた陶板などを組み込むことができるようになっている。また扉の前に、花を飾ることもできるようになっている。

リピアーニ

路の片方に寄りなさい、プラテーロ
学校の生徒たちを通らせてあげなくちゃ。
今日は木曜日、だからあの子たちはいま、恒例の外での学習ってことで
郊外(カンポ)にやって来ているんだよ。
先生のリピアーニはこうして時々、子どもたちを外に連れ出すんだけど
カステジャーノ神父のところに行くこともあれば
アングスティアの橋の方に行ったり
かと思うと、噴水のところに連れて行ったりもする。
どうやらリピアーニは今日は
見るからに機嫌が良さそうだね。
子どもたちを、ちょっと離れた礼拝堂まで連れて行くんだね。
モゲールの市長が言うには
教育によって、子どもたちからロバ的なところを無くす必要がある
ということなんだけど……
で、私も何度か思ってみたんだ。

(98)

お前から人間的なところを少し減らしてもらうよう
リピアーニに頼んでみようかなと、お前を学校に入れてさ。
でもそんなことをしたら
お前はお腹をすかせて死んじゃうんじゃないかと
どうもそれが私は心配でね、プラテーロ。
だってリピアーニの好きな言葉は
神のもとの兄弟愛ってことなんだけど
汝らの子を私に近づけさせよ、というイエスの言葉を
情けないことにリピアーニは勝手に解釈して、生徒たちみんなに
子どもたちよ、兄弟に汝のお弁当を分け与えよ、なんて言うんだよ。
で、午後になると、それをまた繰り返して
だから結局リピアーニは
子どもたち十三人分のお弁当やおやつの半分を
自分一人で食べちゃうんだよ。

でも子どもたちはみんな
十月の午後の陽気な、でも肌を刺すような強い陽射しの暑さの中を
ホントに嬉しそうに歩いているね。
大きくて真っ赤な、元気に脈打つ心臓のようだね。
リピアーニはプクプク太った大きな体を

ボリアにもらった赤茶色のチェックの柄の服に
窮屈そうに詰め込んで、でも
松の木の下でのご馳走が近づいているものだから
白髪(しらが)混じりの長いあごひげ顔が、なんだかニコニコしてるよ。

リピアーニが歩くと、一足ごとに大地が揺れる。
そのたびに花々が、いろんな色のついた金属みたいにユラユラする。
まるで、教会の夕刻のお祈りを告げる大きな鐘が鳴り
鐘が鳴り止んだ後でも
大きなマルハナバチが飛び回っているようなブーンという音を
海が見える黄金の塔の中から街中に響かせ続けるのと
すこし似てるね。

お城

今日の午後の空はほんとうに綺麗だね、プラテーロ。
メタリックな秋の光が、まるで美しく磨きあげられた黄金の剣(つるぎ)のようだね。
ここに来るのが私は好きなんだ。
だって、この人気のない坂からは陽が沈むのがよく見えるからね。
ここなら、誰も私たちの邪魔をしないし
私たちが誰かの邪魔をすることもない。

家だって、あぶら菜とイラクサの生えた古びた壁とボデガとの間の
白と青の一軒しかなくて、しかも多分、誰も住んでいない。
ほとんど誰もここを通らないんだよ。
ここは、コリージャと彼女の娘が愛の夜想曲(ノクターン)を奏でる場所。
白い肌をした素敵な母娘は生き写しで、いつも黒い服を着ている。
このお堀は、ピニートが死んだお堀。
死んでから二日間も、誰もそのことに気づかなかったんだ。
それからここに砲兵隊がやってきて大砲を設置した。

(99)

ここで、自惚れ屋のドン・イグナシオが
密輸した蒸留酒（アグアディエンテ）を運んでいるところを、お前も見たよね。
それと、アングスティアから運ばれて来る牛は、ここから街に入るんだよ。
でもここには普段は誰も、子どもだっていない。
見てごらん、プラテーロ
お堀にかかっている橋のアーチの向こうに
もう葉っぱが赤茶けて元気のない葡萄畑があるでしょ。
その向こうには、レンガ工場の釜や紫色に染まった川も見える。

ほら、夕陽が沈んでいく。
大きくて緋色で、目に見える神さまみたい。
あらゆる恍惚と共に現れ
そしてウエルバの先にある海の水平線の向こうに去っていく。
圧倒的な静寂の時、この世の至福。
この世っていうのはつまり、モゲールとその自然
そしてお前と私のことだよ、プラテーロ。

古い闘牛場

あの古い闘牛場の幻影がね、プラテーロ
またしても私の脳裏を、捕まえることができない疾風のようによぎるんだよ。
ある日の午後に燃えて無くなってしまった……
そう、燃えてしまった闘牛場、でもそれはいったい、いつのことだったのか……

考えてみれば闘牛場のなかがどんなふうだったかも覚えていない。
私のどこかに、そこでの闘牛を見たことがあるようなイメージがあるんだけど
でもそれは、もしかしたら、マノリート・フローレスがくれた
チョコレートの中に入っていたカードに描かれていた絵だったかもしれない……
小さくて灰色で鼻のペシャンコの、ゴムの塊みたいな犬たちを
黒い牡牛が角で空中に放り投げている場面……

円形の、寂寥（せきりょう）そのもののような闘牛場。
そこには一本の、長く伸びた濃い緑の草が生えていて……
でも、もしかしたら、私が知っているのは闘牛場の外だけなのか。

（100）

なんだか上から見ているような、というか
あれは闘牛場じゃなかったんだろうか、人だっていなかった……
階段状にせり上がった闘牛場の
松の木でつくられたスタンドを走り回りながら私はどんどん上に……
自分は素晴らしい闘牛場、正真正銘の闘牛場にいるんだと想い描きながらね。
あの絵のなかでも、闘牛場のスタンドは高く高くせり上がっていた。

夕暮れに雨が上から降って来た。

そんな幻影が私のなかに入り込んで
それがずっとそのまま私の心のなかにのこっている。

どこか遠く遥かなところにある一つの景色。

言ってみれば、日陰（ソンブラ）のところが素晴らしく深い緑で
でも空は暗雲に覆われて、寒い。

白い光の一閃（コリーダ）の後の、ぼんやりとした明るさの余韻に縁取られた松の木の地平線。

その向こうは海。

それだけ……

私はそこにどれくらい居たんだろう？

誰が私をそこから出してくれたんだろう？

それはいつのことだったんだろう？

わからない、教えてくれる人だっていないんだプラテーロ。

でも、私がそのことを話すと、誰もがこう答えるんだ。
それはプラサ・デル・カスティージョだよ、燃えたんだよ……
つまり闘牛士が、モゲールにもやって来たってことだよ……

幼い頃の曖昧な記憶の中の闘牛場にまつわるイメージをたどる文章だが、ヒメネスが幻影というように、現実と想像と記憶と忘却との境が極めて曖昧な、シュールレアリスティックな表現が施されている。これは詩的ではあるけれども現実に即した具体的な表現が多い『プラテーロと私』のなかにあって、ほかとはやや異質な表現だが、実はアンダルシアの詩人にとっては、夢と現実が入り混じったような超現実的（シュールレアリスティック）な表現は、二十世紀に芸術運動としてのシュールレアリスムという言葉が用いられる以前からの、彼らの詩的伝統のようなもの。十六〜十七世紀のルイス・デ・ゴンゴラをはじめ、ヒメネスとほぼ同世代の詩人や知識人のグループ、通称九八年世代のアントニオ・マチャードや、その後の二七年世代の、フェデリコ・ガルシア・ロルカやラファエル・アルベルティなどの詩人も、それに類する表現を多用する。ヒメネスもそういう作風、あるいは資質を体のどこかに深く宿していて、『プラテーロと私』の中でも、そのような次元の表現に入り込むことがしばしばある。本文の描写もその一つで、しかも、終わりの方の「言ってみれば〜その向こうは海」の部分の文章には、情景描写の中に、ソンブラ（sombra）やコリーダ（corrida）などの闘牛用語が用いられていて、闘牛の持つ独特の雰囲気や印象を隠喩的に埋め込む、ダブルイメージとでもいうような表現になっている。ちなみに、闘牛は闘牛場が、太陽の光が当たっている部分と、せり上がった闘牛場のスタンドに遮られて陰になった部分とに真っ二つに分かたれる時刻に行われるが、ソンブラとはその陰になった部分。また闘牛は一般に、コリーダ・デ・トロス（牡牛たちの疾走という意味）と呼ばれ、単にコリーダで闘牛を意味する。本文は、生と死、光と影、夢と現実、一瞬と永遠が渾然一体となった闘牛の不思議さと、どこかで共鳴し合っているように感じられる。

こだま

この場所は人里離れていて、あまりに何にもないものだから
ここにいるとかえって、いつも誰かがそばにいるような気配を感じる。
猟師たちは山から戻ると、わざわざここまでやってきて
もっと遠くを見渡すために高みに上る。
この辺りを盗賊のパラレスが荒らし回っていたこともあったらしいけど
パラレスは夜になると、この場所に来ていたらしいよ。
東を向いた赤い岩の上のあたりには、群れを外れて野生化した山羊が来て
夕暮れの黄色い月を背にした山羊の影が時々見えたりもするらしい。
ここから見渡す草原には池があって、八月だけ干上がるけれど
それ以外の時には、黄色や緑や赤色の空のかけらが映って見える。
池では、わんぱく坊主たちが高いところからカエルに石を投げたり
水面に石を投げ入れて音を立てて、水しぶきを上がらせたりするものだから。
小石で池が埋まりそう。

道の途中の曲がり角でプラテーロを立ち止まらせる。

101

そこには三日月刀の形をした、たくさんの乾いた鞘豆で真っ黒になった大きなイナゴ豆の木が立っていて草原への入り口を塞いでいる。
そこで私は、両手を丸くして口にあて、赤い岩に向かって大声で叫ぶ。

プラテーロ～

岩から、乾いた、けれど近くにある水を少し含んでちょっと甘い感じになった声が返ってくる。

プラテーロ～

プラテーロが慌てて振り向き、頭を上げ、勇気を出して体を高くするけれどでも逃げ出したい衝動もあって、すっかり動揺したようす。
もう一度、岩に向かって大声で叫ぶ私。

プラテーロ～

岩もまたまた叫ぶ、プラテーロ～
プラテーロが私を見、そして岩を見る。
唇をめくり上げ、空に向かって、とんでもなく長くいななく。

岩もまた、どこから声を出しているかわからないままに長くいななき
二つのいななきが合わさって、もっと長いいななきがこだまする。
プラテーロがもう一度いななく。
岩もまたもう一度いななく。
とうとうプラテーロは分別をなくして狂ったように大騒ぎ。
こんなとんでもない日はもうごめんだ、と言わんばかりに駆け出して
面繋(おもがい)をなんとか壊して逃げようと
頭をぐるぐる回し、地面の上をぐるぐる回り、私を置いてどこかに行こうとする。
しかたなく私が、低い声で話しかけて連れ戻すと
いななきは少しづつ収まり、そうして
ウチワサボテンが生えているあたりで聞こえるのは
プラテーロの鳴き声だけになった。

アルガロボ（algarrobo）は、地中海沿岸の地域によく見られる木で、こんもりと大きく高く育ち幹も太いものが多い。ほとんどいつでも、大きな豆の入った長い鞘の実をたくさん実らせていて、オリーブやアーモンドやナツメヤシなどとともに、地中海的な風景を構成する重要な要素の一つ。

古い泉

いつも白。
松の木はいつでも緑だけれど……
薔薇色になったり青色になったりもするけれど
でも白でなくなるわけじゃない。
午後には、金色だったり紫色だったりするけど
でも夜になれば、いつも白。
そんな古い泉のところに、プラテーロ
どんなにたくさん私は行ったことだろうね。
そのほとりに立って
どんなに長い時を、泉を見て過ごしたことだろうね。
私にとってあの古い泉は
世界中の哀歌をみんなしまってある箱
あるいは墓を開ける鍵、っていうか
私の人生に本当に必要な想いがみんな、そこにはある。
私はそこでパルテノンを見た。

(103)

ピラミッドを、ありとあらゆる大聖堂を見た。
行くたびに泉は、陵墓（りょうぼ）とか回廊とかを
まどろむような時のなかで私に
決してなくなることのない美しさとして見せてくれる。

そこから私は、あらゆるところに出かけた。
そしてどこからでも、そこに戻ってきた。
だからそこにいれば
とても調和がとれたシンプルな永遠と出会うことができる。
どんな色も光も泉の中に、あらゆるものがそこにある。
その水をすくい取るように
私はそこから全てを手に入れることができる。
そこには、尽きることのない豊かな水、人生に必要なすべてがある。
ベックリーヌが描いたギリシャの神々。
それを言葉で描いたフライ・ルイス。
歓喜に満ちたベートーベンの歌。
ミケランジェロがロダンに与えたもの。
そんなすべてが、そこにある。
私にとって古い泉は、揺り籠であり、結婚であり、歌であり
ソネット形式の詩であり、現実であり

喜びであり、死でもある。
あの古い泉は、プラテーロ、今夜
大理石の彫刻の肉体のように、あの場所で死んでいる。
暗闇と緑を帯びた白い光のざわめきの中で……

死、それは私の心から溢れ出る水
永遠という名の水。

アーノルド・ベックリーヌ（一八二七～一九〇一）はギリシャ神話などをテーマにして絵を描いたスイス人の画家。フライ・ルイス・デ・レオン（一五二七～一五九一）は、十六世紀、スペイン文学の黄金時代を代表する詩人の一人。繊細で内向的なところがあるヒメネスは、それゆえに精神を病んだりもしたが、しかしフランスやモゲールでの療養中に、文学や詩を初め芸術全般を広く学び、そこで身につけた芸術的教養が、生涯に多くの作品を残したヒメネスの原資、創作の源泉ともなっている。またアルベルティやロルカなどの詩人たちばかりではなく、スペインの偉大な芸術家たちには、画家のミロや音楽家のカザルスなどがそうであるように、自らが生まれ育った場所を深く愛する作家が多く、自らの原点と普遍性や永遠性を同時に見つめることが彼らに共通する一つの特徴であり、ヒメネスもその一人。

路

昨日の晩に木の葉がみんな落ちちゃったね、プラテーロ
なんだか木々たちが逆さまになっちゃったみたいだよ。
頭を地面の下に、根っこを空に向けてね。
空に根を張りたくてしようがないみたいだね。
このポプラの木を見てごらん
サーカスで軽業をやる女の娘のルシアみたいだ。
髪の毛を燃やして絨毯の上に撒き散らし
灰色のタイツをつけた美しい両脚を合わせて逆立ちをしている彼女のようだよ。

ほら、プラテーロ、葉を落として裸になってしまった木々の枝から鳥たちが
金色に光る落ち葉の中にいる私たちを見ているよ。
私たちが春に、緑の葉っぱのなかにいる鳥たちを見ていたようにね。
前は、木々の葉たちが梢で優しい歌を唄っていたのに
今は、木の葉たちは下に落ちて
地面の上で干からびて、お祈りをつぶやいているかのようだよ。

(104)

野山を見てごらん、プラテーロ。
どこもかしこも乾いた落ち葉でいっぱいだね。

今度はいつここに来ようか。
今度の日曜かな。
その時には多分、落ち葉はもうどこにもないよ。
どこへ消えちゃうんだろうね。
きっと鳥たちが春に、愛を営みながら木の葉たちに
どうすればそんな風に綺麗に消えてなくなることができるのかという
その隠された秘密を語り聞かせたんだと思うよ。
でも、お前も私も、その秘密を教えてもらっていないから
そんな風には死ねないね、プラテーロ。

野生化した牡牛

（106）

プラテーロと一緒にオレンジ畑に着いた時
谷間はまだ薄暗く
霧の中にライオンの爪という名の白い冬の花が咲いていた。
色のない空を背に、丘の形を描く繊細なハリエニシダ。
幅広く柔らかく引き伸ばされたような物音がして上を見れば
そこにはムクドリたちの群れ。
長い帯状になって、形を見事に変化させながらオリーブ畑に戻って行く。
手を叩く、木霊がかえる。
マニュエルと呼ぶ、誰もいない。
突然、大きな音の塊がすばやく過ぎる。
その音の大きさに、音の主の大きさを予感してドキドキする私の心臓。
古いイチジクの木の陰にプラテーロと一緒に隠れる。
やっぱりそうだ、牡牛だ。
赤褐色の牡牛が走り過ぎる。
朝の支配者が、あたりの匂いを嗅ぎながら、唸り声を上げながら目の前のものを手当たり次第、木っ端微塵に打ち砕く。
一瞬、丘の上で立ち止まり
谷の底から空に至る谷間全体に鳴り響く悲痛なまでの凄まじい咆哮。
でも、ムクドリたちは怯えるようすもなく
薔薇色に染まり始めた空を背に、音を立てて飛び回り続ける。
それよりはるかに強くドッキドッキと音を立てる私の心臓。

ようやく太陽が姿を現し
モウモウと捲き上る土煙を赤銅色に染めるなか
牡牛は竜舌蘭の茂みを駆け下りて井戸の方に。
そこで牡牛は水を飲み、あたりを威圧し
野山よりも尊大に、そして勝ち誇る勇者のようにその場を去り
角に葡萄の木の残骸を引っ掛けたまま山に向かい、坂を登って
ただただ見つめる私たちの目と、眩い純金のような光の中を
ついに、姿を消した。

確かによくできていたね、プラテーロ。
ドーニャ・カミーラは、白とピンクの服を着て
教板と教鞭を持って、豚を相手に授業をする真似をしていたし
サタナスの方は、片手に空っぽになった新しいワインを入れる皮袋を持って
もう片方の手で、カミーラの内ポケットから小銭入れを抜き取ったりしていた。
あれはきっと、ペペ・デ・ポジョと家政婦のコンチャの演出だと思う。
だって、どの服かはわからないけどコンチャが私の家から
古い服を持ち出していたからね。

行列の先頭を、神父さんの服と似顔絵のお面をつけたペピートが
大きな幟旗（のぼりばた）を持って黒い馬にまたがって進む。
その後ろには、エンメディオ通りと、フエンテ通りと、カレテリア通りと
プラソレタ通りと、エスクリバノス通り
それから、ペドロ・テジョおじさんの路地のちびっこたちが全員
みんなで缶カラや鈴や大きな鍋や小さな鍋や乳鉢やなんかを

みんなそれぞれ打ち鳴らしての賑やかな合奏。
でもリズミカルで不思議と調和した音で月夜の街路を大行進。

お前も知ってるよね、ドーニャ・カミーラは三回も寡（やもめ）になって、もう六十だし
サタナスだって、たった一回とはいえ同じように男寡になった身で
でもこれまで七十回も、ワインの新酒を味わう幸運を楽しんできた。
だから今宵は、新郎新婦が家のドアを閉めてしっぽりと
互いの話をしたり聞いたりするのを、私たちはガラス窓の外から聞いたり
ロマンティックな二人の姿をガラス越しに見たりすることになるんだと思うよ。

大騒ぎは、プラテーロ、これから三日も続くんだよ。
広場の祭壇には、二人の結婚を祝って灯（あかり）が点（とも）されているし
そこには聖人たちの絵札が置いてあるから
近所の家の女の人たちは、みんなそれぞれ自分の守護聖人を取りに行く。
祭壇の前では酔っ払いたちが
祭壇の灯が自分たちのために点されているかのように踊り回る。
ちびっこたちの大騒ぎは毎晩続いて、結局最後にのこるのは
満月と恋物語（ロマンス）だけ……

炎

ほら、もっとこっちに来て、プラテーロ
ここでは遠慮なんかしてたらダメだよ。
だってこの家の人は、お前と一緒にいるのが嬉しいんだから
みんなお前の友達なんだから……
向こうにいる犬だって、お前のことを好いているのがわかるでしょう。
で、私はどうか、なんて聞かないでよプラテーロ。
オレンジ畑は、すごく寒いだろうね、ほらロペスの声がする。

　神さま、今晩オレンジを霜焼けにしねえでくだせえ……

あんまり炎が好きじゃないんだね、プラテーロ
でも、どんな女の人の美しい裸だって炎にはかなわないと思うよ。
どんなサラサラした髪も腕も脚も、この裸の炎とは比べものにならない。
あらゆる自然のなかで、炎より自然を感じさせてくれるものはないと思うよ。
家は閉じられているし、夜は外で一人ぼっちにされてるし

〔111〕

でもここにいるだけで、この暖炉という開かれた窓から
私たちは野山にいるよりもっと自然を感じることができる。
そうでしょう、プラテーロ、炎というのは家の中にある宇宙なんだよ。
色のある、尽きることのない、傷ついた体から流れる血のようなもの。
私たちの体を温め、鉄のような力をくれる。
それはみんな血が、何もかも覚えているからできること。
本当に美しいね炎は、プラテーロ。
見てごらん、アリったらあんなに近くで、あれじゃあ服を焦がしちゃうよ。
でも生きいきと目を開けて、瞑想しているみたい。
楽しいね、プラテーロ、金色のダンスと影色のダンスに包まれているみたい。
家中が踊りを踊っているみたいだね。
炎にとっては、大きくなるのも小さくなるのも自由自在
まるで輪になって踊るロシアのダンス。
枝と小鳥、ライオンと水、山と薔薇。
炎の中に、どんなものだって、どんな形だって見える、尽きることのない魅力。
だって見てごらん、私たちだって、そうするつもりもないのに
壁の上で、床の上で、天井で踊ってる。
すごいね、酔狂の極み、歓喜というか至福というか……
こうして炎と一緒にいると、愛と死は同じだって想えてくるよ、プラテーロ。

回復

ごく淡い黄色の壁紙の、私が体を休めるための部屋。
柔らかいソファーがあって
絨毯が敷いてあるその部屋から、プラテーロ
窓の外の路を、夜想曲(ノクターン)が通り過ぎるのが聞こえる。
なんだか、星の雫が降るなかで見る夢のよう。
足どりも軽くロバが野山(カンポ)から帰ってくる。
遊ぶ子どもたちの大きな声。
夕暮れ時の光の中で、ロバの大きな黒っぽい頭がぼんやり見える。
子どもたちの小さな頭も見える。
ロバの鳴き声がするなか、歌を唄う子どもたち。
ガラスのような、銀のような声で歌われるクリスマスの詩(うた)。
街が、栗を焼く煙や、家畜小屋にたちこめる湯気
そして平和な家々の気配に包まれているような気がする……
私の心が開いて浄化される。

112

まるで心の中の影の部分にある岩から空色の水が溢れ出るかのように
夕暮れと共に訪れる救済。
とても親しく感じられる時間。
冷たいような、でもちょっと温かなような
どこまでも透き通った確かさが満ちる。
いつものように上の方から、外から、鐘の音が聞こえる。
打ち鳴らされる鐘の音が星空を渡る。
プラテーロがつられて、小屋の中でいななく。
空がこんなに身近に感じられるのに
プラテーロの小屋が遠い……

涙が溢れる。
弱い私。
でも感動している。
たった一人で、ファウストのように……

夜明け

冬は、ずいぶんゆっくり夜が開けるね、プラテーロ
雄鶏(おんどり)が鳴いて、夜明けの空がバラ色に染まり始めて
さあ朝が始まるよと、優しく朝が挨拶をしてくれる頃
もう眠るのには飽き飽きしたと言わんばかりの
プラテーロの長いいななきが聞こえる。
でも、それからゆっくりと目が醒めるまでの時間の
気持ちの良さときたらなんともいえない。
朝の白い光が、寝室の窓の隙間から差し込んできて
私も、いよいよ一日が始まるんだと感じて
ふわふわのベッドの中で昼間の太陽の光のことを思ったりする。
それから、もしかしたらあり得たかもしれない
プラテーロの境遇とかについて、あれやこれやと考える。
例えば、プラテーロの主人が
私みたいな詩人でなくて炭焼きだったりすれば
夜が明けるずっと前から、霜で凍りついた人気のない路を

(114)

山の松の木を取りに行くのに連れて行かれる。
そうではなくて、もし、ロバに色をつけて毛並みを良く見せようとしたり
元気そうに見えるからというバカな理由で
毒でしかないヒ素をロバに飲ませて興奮させたり
耳が垂れたりしないように耳をピンで留めたりするような
薄汚れた身なりのジプシー男の手にプラテーロが渡っていたとしたら、とか
いろんなことを考えてみる。
プラテーロがもう一度いななく。
私がプラテーロのことを考えているのがわかるのだろう。
でもそんなこと、どうだっていい。
私にとって重要なのは
夜明け時の甘美な時間にプラテーロのことを考えること。
そうすることは私にとっては、夜明けと同じくらい素敵なことなんだから。
しかもありがたいことにプラテーロには
プラテーロへの私の想いと同じくらい温かくて柔らかい
揺り籠のような寝床があるんだもの。

小さな花々　私の母に

母が言うには、プラテーロ、ママ・テレサは亡くなる時
うわごとで一所懸命、花のことを呟(つぶや)いていたらしいよ。
どこでどうつながっているのかはわからないけど、プラテーロ
そのころ子どもだった私はよく夢の中で、いろんな色の星を見たんだけど
幼心に私はいつも、死ぬ間際にママ・テレサが見ていた花というのは
その星と同じような色をした
ピンクや青や紫の美女桜(バーベナ)に違いないと思っていたように思うんだ。
私の記憶の中ではママ・テレサはいつも
いろんな色のガラスをはめ込んだパティオの扉の向こう側にいた。
ガラスを透して、赤や青の月や太陽が見えた。
ママ・テレサはそこで、体を屈めてずっと
空色の植木鉢や、白い花壇に覆いかぶさるようにしていた。
そんなイメージが消えることなく私のなかに残っているんだよ、プラテーロ。
だってママ・テレサがどんな顔だったか覚えていないんだよ。
それはたぶん、夏の八月の太陽の下のシエスタの時

(115)

もしくは九月の雨が降って雷がなっていた時……
母が言うには、プラテーロ、今際の際でママ・テレサは
どこにもいない庭師をさかんに呼んでいたらしい。
その庭師がどんな人かはわからないけれど
でもその庭師は、甘い香りの美女桜の花の小道を通ってやってきて
そこを通ってママ・テレサを連れて行かなくちゃいけない。
そしてその小道を通って、ママ・テレサは私のなかに帰ってくる。
私の記憶のなかではそうなんだ。
私のなかには、そんな優しくて感じのいいイメージがずっとあって
それはもしかしたら、何もかも私の心がつくりだしたイメージなのかもしれないけれど
でもママ・テレサは、私がよく覚えているいつもの綺麗な絹の服を着て
彼女の仲間の修道女たちもそうだったけど
小さな花の模様をあしらった裏庭に散ったヘリオトロープの小さな花たちや
幼かった私の夜空に輝く儚い小さな光たちのような模様の
そんな綺麗な絹の服を着ているんだ、プラテーロ。

ママ・テレサはヒメネスの母親ではなく、母の母、つまりはヒメネスのおばあちゃん。ここでママ・テレサ（Mama Teresa）と表記しているのは、ヒメネスの母親を含めた家族がそう呼んでいたからだと思われる。ただ、文の最後の方に修道女（**hermana**）という言葉が出てくるので、ママ・テレサは信心深い、修道女的な人だったのかもしれない。

クリスマス

野原(カンポ)の火。
クリスマスイヴの日の午後。
オパール色の太陽。
ほんのり明るい、いつもとは少し違って見える空。
雲はなく、いつもは真っ青な空が灰色。
陽が落ちていく地平線が
黄色っぽく、なんとも言えない色になって……

突然、硬く乾いた音がする。
緑の葉をつけた枝が燃え始める。
立ち上る真っ白の濃い煙。
それから炎が燃え上がって煙が消え
聖なる炎の舌が、舐めるように揺らめいて大気を清める。
ああ、風の中の炎。
薔薇色の、黄色の、真紅の、青色の魂が燃え上がり

(116)

低い空の秘密を見抜いて、どこへともなく消える。
後に残るのは、寒い大気のなかに漂う焼け焦げた匂い。
十二月のカンポが、熾火(おきび)で、暖かく感じられる。
優しい冬、幸せなクリスマスイヴ。
凍り付いていたようになっていた隣の家のゴジアオイが溶ける。
暖かな空気の向こうで景色がゆらゆらと
形の定まらないガラスのように
混じりっけのない景色そのものとなって揺れる。
生誕の場面のクリスマス飾りのない使用人の子どもたち。
貧しい家の子や、寂しい子どもたちが
熾火の周りに集まって、みんなでかじかんだ手を温める。
そして熾火の中にドングリや栗を放り込む。
それらが音を立てて弾(はじ)ける。
なんだかみんな楽しくなって、それからみんなで
夜になって暗くなって赤く見える残り火の上を飛び越え
そしてみんなで、クリスマスの歌を歌う。

歩みたもう、マリア
歩みたもう、ホセ

私はプラテーロを連れてきて、子どもたちにあずける。
みんなで一緒に遊べるように……

スペインでは、クリスマスのお祭りは一般的には、イエスの誕生前夜の十二月二十四日から一月六日までの期間。これは救世主であるイエスが生まれたことを知った三人の王様たちが、救世主の誕生を祝うために、それぞれ遠くから旅をして、イエスとその両親のマリアとホセのもとに着いたのが一月六日であったとされているため。したがってクリスマス・プレゼントもスペインでは一月六日に渡される。つまりクリスマス（navidad）は、一日ではなく、その十四日間のことをいう。その期間にスペインでは古くから、イエスの誕生の場面をジオラマのように模型で再現して楽しむ習慣がある。模型は教会などがつくる大きくてリアルなものもあれば、家庭でつくる小さくて可愛いものもある。そのための、誕生の場所の馬小屋はもちろん、牛や羊や鶏や、レイエス（王様たち）や、彼らが乗るラクダやナツメヤシの木など、飾り付けのためのありとあらゆるミニチュアのフィギュアがあり、それを売るための屋台が教会の広場に設置されたりする。裕福な家庭では照明を施すなど、それぞれの家庭がそれぞれに見合ったベレン（生誕の場面を表すクリスマス飾り）をつくる。既製品の、買えばすぐに飾れる大小の様々なベレンもあるが、そのような飾り付けをする余裕のない家の子どもたちも、もちろんいる。

リベラ通り

（117）

私はね、プラテーロ
今では治安警察隊（グアルディア・シビル）の本部になっている
リベラ通りの、この大きな家で生まれたんだよ。
子どもの頃、この家が本当に好きだった。
このみすぼらしいバルコニーが素晴らしく素敵に思えた。
色付きガラスの星が散りばめられた
マエストロ・ガルフィアがつくったムデハル様式のバルコニー。
このパティオの扉からなかを見てごらん、プラテーロ
今でもまだ、白いリラの花が咲いている。
リラと、飾りのついた青い小さな鐘
パティオの奥にある、月日が経って黒くなった木の窓格子。
幼い頃、ここにある何もかもが素晴らしく思えた。
リベラ通りとフローレス通りが交差するこの角のあたりにはね、プラテーロ
午後になると、いろんな青色の服を着た海の男たちがたむろしていた。

男たちは、まるで十月の野原の背の高い草のように突っ立っていた。
幼い私の目には、あの人たちは巨人で、たぶん海の男たちの癖だと思うけれど
みんな巨大な両脚を大きく広げて立っていて
その脚の間から、向こうの下の方に川が見えた。
そこには、川の水の流れと、黄色味を帯びた乾いた湿地帯の輝きの両方が見えた。
素晴らしい川の支流をゆっくりと進むボート
水面は真っ赤な夕日の空を写して荒々しいまでの色に染まっていた。

その後、父が家をヌエバ通りに移した。
海の男たちがいつもナイフを手に歩いていたし
リベラ通りでは、わんぱく坊主たちが毎晩
家々の玄関の街灯や呼び鐘を壊して歩いていたからね。
それにあの角のあたりにはいつも強い風が吹いていたからということもあった。
屋上の見晴らし塔からは海が見える。
ある晩、子どもたちみんなで塔に上った日のことを今でもはっきり覚えている。
塔の上から、浅瀬で燃え上がるイギリスの船が見えた。
みんな震えながら、でも、燃え上がる船から目を離すことができなかった。

ムデハル様式は、イスラム文化とスペインの文化、そしてキリスト教文化などが融合されてできたスペイン独特の建築様式。またその装飾的な要素や、見晴らし塔などのスタイルがスペイン全土の建築に取り入れられ独

自の発達をした。特にイスラム文化の影響を深く受けたアンダルシアでは、大きな邸宅などでその様式を受け継ぐものが多く、屋敷の内部に緑溢れるパティオ（中庭）を内包させて涼を取る空間構成も、暑いアンダルシアならではの発達をした。アンダルシアでは、街路とパティオとを隔てる扉には、ヒメネスの幼い頃の家がそうであったように、繊細で複雑な格子や幾何学的な模様を鉄材で構成して色ガラスをはめこんだものなど、趣向を凝らしたものが多い。

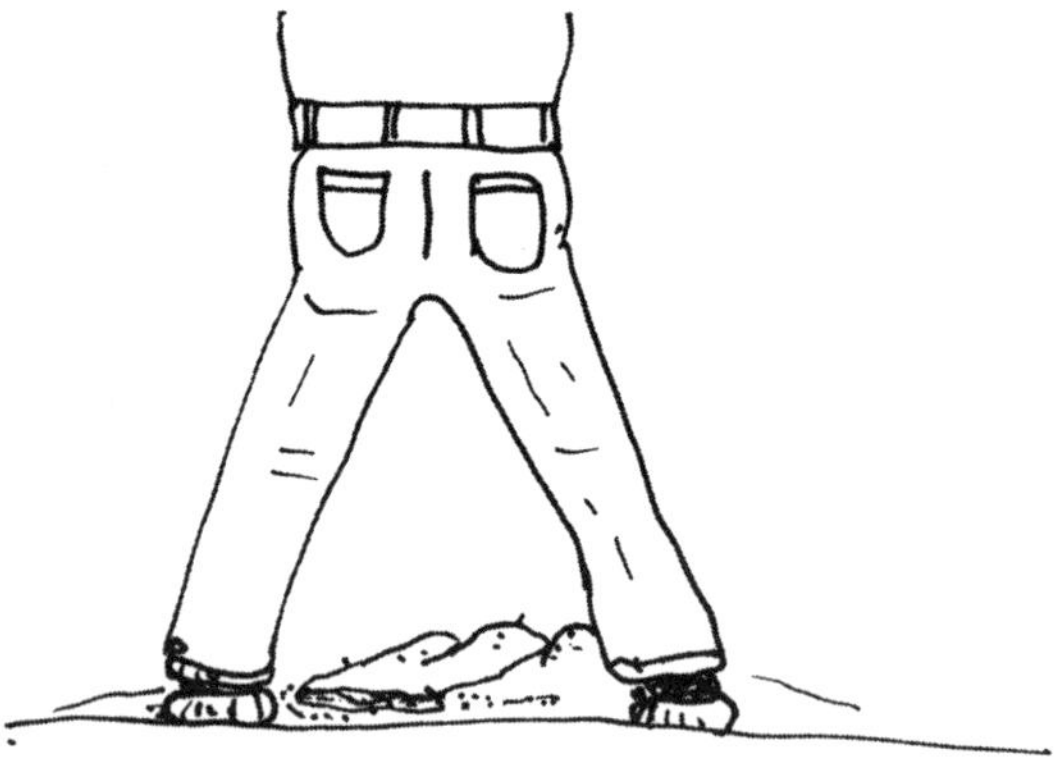

冬

神さまはね、プラテーロ、今、ガラスの宮殿にいるんだよ
というか、つまり雨のなかに、ってことだけどね。
雨。
秋の最後に残った花々が、弱々しい茎の上で頑張って
ダイアモンドのような水滴をたたえた美しい私を見てと言っているよ。
どのダイアモンドも空を映して、それぞれ神さまのいるガラスの宮殿のよう。
ほらこの薔薇を見てごらん、水滴の中にもう一つ、水の薔薇を宿している。
で、揺さぶると、ほらほら
その新しく咲いた薔薇の魂みたいな水の薔薇がキラキラしながら落ちていく。
残ったもとの薔薇は、がっかりして悲しそう。
それはなんだか、私の想いと同じ……

水というのは、太陽と同じくらい楽しく喜ばしいものでなくちゃいけない。
だって、そうじゃなかったら雨の下で子どもたちが元気に楽しそうに
ズボンをたくし上げて日焼けした足も露わに駆け回る理由がわからない。

118

どうして急に、スズメたちが雨のなかで蔦のなか
お前のお医者さんのダルボン先生の言うスズメの学校のなかに入って
一斉に大合唱を始めるのかがわからない。

雨だ、今日は外に出るのはやめようよ、プラテーロ。
今日は瞑想をする日、ということにしようよ。
ごらん、屋根瓦の上を水があんなに勢いよく流れて行く。
ごらん、まだ金色が残ってはいるけれど、すっかり葉が黒ずんだアカシアを
雨が、あんなに綺麗にしている。
昨日は草のなかに停泊していた子どもたちのおもちゃの船が側溝を航海していく。
ほらいま、少しだけど不意に陽が射してきて
教会の方から架かった綺麗な虹のたもとが
こちらの方で、私たちのところで
薄くなって、消えている。

澄みきった夜

真っ白の屋上の、レンガの胸壁の一部に四角い穴が開けられている。
むかし銃眼だったその穴から、青っぽく明るい夜空が見える。
星をたたえた乾いた夜空が凍てついている。
北の風が閑かに、けれどキリリと冷たく強く肌を切る。

誰もが寒いと思っているけれど
家を閉めて誰もが閉じこもっているけれど
私たちはそうじゃないよね、プラテーロ。
ゆっくりと二人で
お前は自分の毛皮と私の毛布を着て
私は私の心をまとって、人気のない美しい街を歩く。
心の底から高まる強い想い、まるで自分が
先端に銀の飾りをつけて空に向かってそびえる荒々しい石造りの
孤高の塔にでもなったかのような想い。

（120）

ほら、あんなにもたくさんの星。
あんまりたくさんありすぎて目が眩みそう。
天は、言って見れば子どもたちの遊び場、というか
燃え上がるような至上の愛でつくられた数珠（ロザリオ）を手にして
夜空が大地に向かってお祈りを唱えてくれているかのよう……

プラテーロ、プラテーロ、私の人生の全てを捧げるよ
そうして心の底からお願いするから、お前もそうしてほしい。
この一月の、ここにしかない高く澄みきった夜空が
いつまでもいつまでも
どこまでも明るく綺麗であるようにと。

パセリの冠(かんむり)

さあ、誰が先に向こうに駆け着くかな?
一等賞は、前の日にウィーンから受け取っていた絵の本。
さあ、誰が一番早くスミレの咲いているところに着くかな。
イチ、ニ、サーン。
太陽の光のなかを、白やピンクの肌の女の子たちが楽しそうに
大きな声をあげて駆け出して行った。

女の子たちが口を結んで一所懸命、胸を広げて走り去った後の
朝の一瞬の静寂のなかで、いろんな音が聞こえる。
街の教会の塔の時計がゆっくりと時を告げる音。
青いアイリスの花がたくさん咲いている松の木の丘を飛ぶ蚊の小さな音。
小川を流れる水の音。

やがて女の子たちが最初のポイントのオレンジの木のところに走り着く。
すると、そのあたりでのんびりしていたプラテーロが

(121)

女の子たちの駆けっこにつられて一緒に本気で走り出す。
プラテーロの参戦に文句も言わず負けじと走る女の子たち、笑う余裕さえない。
女の子たちに向かって大声を出す私。
プラテーロが勝っちゃうよ～、プラテーロが勝っちゃうよ～
そう確かに、誰よりも先にスミレのところに着いたのはプラテーロ。
勝ったプラテーロが地面の上を転げ回る。
戻ってきた女の子たちは、ずり落ちた靴下を引っ張り上げたり
乱れた髪を直したりしながら抗議をする。

ダメだよ～、あんなのなしだよ、ダメって言ったらダメ、絶対ダメよねえ～

それに対してこう言う私。
この競争の勝者はプラテーロ、だから
プラテーロに何らかの形で賞をあげなくちゃいけない。
でも、つごうのいいことにプラテーロは字が読めないわけだから
一等賞の本に関しては、君たちでもう一度競争をして決めるということにしよう。
そうは言ってもプラテーロにも賞を、何かご褒美をあげなくちゃいけないよね。
それを聞いた女の子たちは、とにかく自分たちが本をもらえることになったので
飛び上がって喜んで、顔を赤らめて笑いながらみんなで言う。

そうよ、そうよ、それがいい

そこで私はふと、自分が書いた詩に対する賞ということだったら
何がいいだろうかと考えて
プラテーロの頑張りに対して最高の賞をあげることにした。
私は、我が家の菜園で働いている人の家の玄関に置いてあった箱の中から
パセリを少しとると、それで冠をつくってプラテーロの頭に載せた。
それはもちろん、はかないけれど
古代カルタゴ人にとっては最高の名誉の証。

ここでヒメネスがプラテーロに与えた冠は、詩人の最高の名誉である月桂冠をイメージしている。古代ギリシャやローマでは、競技などの勝者には月桂樹の葉のついた枝でつくった冠＝月桂冠を授ける習慣があったが、当時は詩や音楽もスポーツと同じように人間と社会にとって、とりわけ重要なものと考えられていたので、月桂冠は、その時代の最高の詩人を讃えるためにも用いられた。それはヨーロッパの文化的伝統となっていて、ルネサンスの扉を開いたイタリアのダンテは、王などの権力者から月桂冠を授けられたわけではないが、その業績を讃えて一般に桂冠詩人と称される。なおイギリスでは、アルフレッド・テニスンなど、王家から任命された桂冠詩人は、公的で社会的な名誉ある地位を有する。

ロス・レイエス・マゴス

今夜は子どもたちにとっては夢のような夜だね、プラテーロ。
子どもたちを眠らせるのは大変で、ほとんど不可能じゃないかと思ったくらい。
でもとうとう、睡魔には勝てなかったみたい。
ある子はソファで寝るし
暖炉に寄りかかって床で寝てしまう子もいた。
ブランカは低い椅子の下で
ペペは窓の下の腰掛でレイエスが知らない間に通りすぎたりしないよう
ドアの飾り金具に頭を置いて寝た。
そして今、日々の暮らしから遠く離れた深いところで眠る子どもたち。
私が感じるのは、子どもたちの健康的で完璧な素晴らしい心。
誰にとっても夢のような、いきいきとした魔法。

夕食の前に、子どもたちみんなを連れて屋上に上った。
階段を上る時、いつもは怖がるのに、今日はみんなとんでもなくはしゃいで
ブランカが、私、屋上の天窓なんかちっとも怖くないわよ、ぺぺあなたはどう？

(122)

と、私の手を固く握り締めながら言ったりした。
屋上バルコニーに出ると
置いてあったハヤトウリの間にみんなの靴を並べて置いた。
さあプラテーロ、モンテマヨールおばちゃん、マリア・テレサ、ポリージャ
ペリーコ、それにお前と私、みんなで変装しよう。
シーツやベッドカバーで体を覆って、昔の古い帽子をかぶって
そして十二時に、子どもたちのいる部屋の窓の前を通ろう。
みんなで変装して一列になって、明かりを持って
乳鉢を叩いて、ラッパや、奥の部屋にしまってある法螺貝を吹きながらね。
プラテーロ、お前は私と一緒に先頭を行くんだよ。
私は白い髭を生やしてガスパールになるから、お前は駱駝（らくだ）になるんだよ。
前飾りに、私が領事のおじさんの家から借りてきたコロンビアの旗をつけてね。
そうすると子どもたちは目を覚ますけど、でも目はまだ
目蓋（まぶた）に夢をぶら下げたまま、夢うつつ。
子どもたちはパジャマ姿のまま立ち上がってガラスの向こうに見えるものを見て
みんな、あまりの素晴らしさに体をふるわす。
私たちはそのまま闇に消えて、子どもたちの夢のなかに朝まで残る。
そうして朝になって、子どもたちは
鎧戸（よろいど）の向こうから差し込むまばゆい光で目を覚まし
服もちゃんと着ないでバルコニーに駆け上がって

そして、いろんな宝物の持ち主になる。
去年はみんなでほんとうによく笑った。
今夜もきっと楽しいよプラテーロ、私の小さな駱駝さん。

ロス・レイエス・マゴス（Los Reyes Magos）は、116話でも述べたように、救世主イエスが生まれたことを知り、それを祝うために星を目印に東方から駱駝に乗ってやってきた三賢人（または三博士）とも呼ばれる賢王たちのこと。直訳すれば、三人の魔法使い（Magos）の王様たち（Reyes）という意味で、昔は、科学や占星術や魔術や医学や王としての治世能力などの総体が、特別な賢さと考えられていて、預言者や賢王などには、占星術や魔法を使う力や神の預言を理解する力があったとされたため。例えばモーセはいろんな魔術が使えたし、ヨセフやダビデ王やソロモン王などには、予知能力や神の意思を夢占いで知る力があったと聖書に記されている。なお三賢人は一般的には、サンタクロースのように白人で白い髭を生やした老人のメルチェル（Melchor）、若くて肌が褐色のガスパール（Gaspar）、黒人のバルタサール（Baltasar）の三人とされていて、イエスにはるばるお祝いを届けにきて一月六日にイエスに会ったというエピソードにちなんで、スペインでは子どもたちがプレゼントをもらう日は一月六日。その日に、三賢人が街中をパレードして、飴やお菓子を集まった人々に配る慣わしもある。ヒメネスは当時まだ若かったので、白い髭をつけているのに、ガスパールになると言ったのだろう。

モンス・ウリウム

モントゥリオ。
いくつかの小さな赤い丘のような山々が連なる山
砂売り業者がそこらじゅう掘り返すせいで日に日に哀れな姿になって行く山。
海の方から見れば金色に輝いて、だからローマ人たちが
金色に高く聳える姿を見てそんな名前をつけた山。
風車小屋へは、この山を越えた方が墓地を抜けるより早い。
どこを掘っても遺跡が出てきて、ワイン畑からは骨や古い貨幣や壺が出てくる。

123

コロンブスは私にとっては、プラテーロ
そんなに素敵な存在じゃないんだ。
彼がもし私の家に立ち寄っていたらとか
サンタ・クララの修道院にお参りしていたらとか
もしかしたらこのナツメ椰子の木はその頃もあっただろうかとか
あの修道院宿舎に泊まっていたらとか
何もかもみんなあり得たことばかりで、みんな近くの

決して遠くはないところと関係があったはずなんだけど
でも、コロンブスがアメリカから持って帰ってきた二つのプレゼントのことは
お前も知っているよね。
そんなものより私が心から素晴らしいと感じるのは
私の足の下にある、ローマ人が持って来たモルタルでできている
強い根っこのような強い基礎。
お城もその上に立っていて、そのモルタルでできている。
それがあんまり丈夫なものだからツルハシだってハンマーだって歯がたたない。
だからいつだったか、お城に風見鶏をつける穴を開けようとしたけど
無理だったんだよ、プラテーロ。

私が、山がモントゥリオの別の名前
モンス・ウリウムという名前のことを知ったのは
ほんの小さな子どもの頃だったけれど
その日のことは決して忘れられない。
その言葉の意味を知ったとたん、それを聞いた瞬間
モントゥリオは私にとって誇らしい山になった。
その気持ちは今でも変わらない。
それは、この哀れな街にまつわる私の最高の郷愁、というか
ある意味では、それはひとつの素敵な勘違い。

それがあればもう誰のことも、どこのことも羨ましいとは思わない。
どんな古代だって遺跡だって、大聖堂だってお城だって
それからはもう、私がずっと想い焦がれ続けるようなものではなくなった。
その言葉の意味を聞いた瞬間
私は決して錆びることのない宝物の上にいるような気がした。
モゲール、黄金の山。
だとしたら、プラテーロ、ここで生きて
そしてここで死んでもいいって、思えるでしょう。

コロンブスは、モゲールのほんの近くの港、パロス・デ・ラ・フロンテーラからアメリカに向けて旅立った。コロンブスはアメリカから金銀の財宝ばかりではなくトウモロコシやトマトやジャガイモなど実に多くのものを持ち帰ったが、ほかにも梅毒とタバコをヨーロッパにもたらしたことでも有名。
なお、モンス・ウリウム（mōns ūrium）はラテン語で、正確には、鉱物を含んだ土の山、という意味。ヒメネスは幼い頃、誰かからそれが黄金の山を意味すると教えられたのだろう。ただ赤茶けた山は、アンダルシアの強い光、とりわけ朝の明るい光を浴びると黄金色に輝いて見えることがある。

124

ワイン

前に言ったことがあるよね、プラテーロ、モゲールの心はパンだって
でも違うんだ、実はモゲールは
一年中、街の上のまあるい青い空の下で金色のワインを待ち続ける
太くて透き通ったクリスタルグラスのような街なんだ。
九月になったら、悪魔が新酒祭りに水を差したりしない限り
このグラスは、縁までワインで満たされる。
そしてワインはいつだって
高貴で寛大で気前のいい心の持ち主が注ぐようにグラスから溢れる。
そうして街中がワインの香りでいっぱいになる。
気前の良さは年によって違うけれど
どちらにしてもグラスを交わす音がして
それはまるで太陽がモゲールという白い街の透明な囲いの中に入って
自らの善き血液を駆使して、ほんのわずかの報酬で
素晴らしい液体に姿を変えたかのよう。
一つひとつの家が、一つひとつの通りが

いわばファニート・ミゲールやレアリスタのボデガの棚に並べてある
ワインのボトルのようなもの。
みんなモゲールの夕暮れの太陽が沈む時には、その光を受ける……

ターナーの、怠け者の泉、という絵を思い出す。
なんだかすべてが
彼独特の黄色いレモン色と、新しいワインの色とで描かれたかのような絵……

モゲールは、ワインの泉。
ワインはモゲール自身の傷口から流れ出る尽きることのない血液。
そこから、悲しいことや楽しいことが湧き出る泉。
それは四月の太陽のようなもの。
春を告げて太陽は毎年まいとしちゃんと上る。
でも毎日まいにち沈む。

カーニバル

126

今日はすごくかっこいいね、プラテーロ
カーニバルの月曜日だからかな、子どもたちも
闘牛士やピエロや伊達男（だておとこ）の格好をして楽しそうだよ。
その子たちが、赤や緑や白や黄色の刺繍でいっぱいのアラベスク模様の
いかにもモーロ風の衣装をお前につけてくれたんだね。

雨と太陽と寒さ、街路の上には平行に張り巡らされたお祭り飾り。
いろんな色のまあるい紙飾りが刺すように冷たい午後の風を受けてくるくる回る。
そしてカーニバルの仮面をつけた人たち。
凍てつく寒さに、衣装のどこか手を入れられるところに青くかじかんだ手を突っ込む。

プラテーロと一緒に広場（プラサ）に着いた時
とんでもない衣装をつけた娘たちがいた。
真っ白の長いネグリジェのような服を着て
下に垂らした長い髪の上に緑の葉っぱの花輪をつけたその娘たちが

手を繋いで円陣をつくり、その輪でプラテーロを取り巻いて楽しそうに
プラテーロの周りをくるくる回る。
もう、どうしていいかわからないプラテーロ。
両の耳を立て、頭を上げて、炎に取り囲まれてしまったサソリみたいに
緊張はするしイライラするしで、どこでもいいからとにかく逃げようとするけれど
でもプラテーロがあんまり小さいものだから
女の娘たちはちっとも怖がらずに、プラテーロの周りを歌い笑いながら
そのままぐるぐるぐるぐる回り続ける。
そのうちちびっ子たちもやって来て、囚われの身のプラテーロを見て
プラテーロを鳴かせようと、ロバの鳴き声を真似して騒ぎ立てる。
広場はいつの間にやら、まるで吹奏楽団のコンサート会場。
プラテーロを中心にして、ロバのいななきや笑い声や歌やタンバリンや
金鉢を叩く音やら、何もかもが一緒になった大合奏。

とうとうプラテーロは、一人前の男のように決心をして
円陣を壊し、私のところに泣きながら駆け寄ってきた。
おかげでせっかくのカーニバルの豪華な飾りを落としてしまったけれど
プラテーロは、もうカーニバルなんかうんざり。
実はそれは私も同じ。
私たちはこういうことには何の役にも立たないね。

レオン

（127）

プラテーロと一緒に修道女（モンハ）広場のベンチの脇を
おたがいにゆっくりと歩く。
人気（ひとけ）はないけれど、でも二月の熱い日の午後の楽しいひと時。
時刻はまだ早いのにもう陽が沈み始めて。
金色に染まったゼニアオイが病院の壁に垂れ下がっていた。

不意に誰かがやってくるような気配を感じて振り向いた私の目に入ってきたのは
ドン・ファン、と私に声をかけながらやってきたレオン。
そう確かに、フィンガーシンバル奏者のレオン。
ちゃんとめかしこんで、香水の香りを振りまきながら
これから夕方の音楽会に出かけるようす。
格子じまの手提げ袋を持ち、白と黒褐色の糸の縫い模様のブーツを履き
緑の絹のスカーフ・タイを首に巻いて、腕にはキラキラ光るフィンガーシンバル。
私を見ると、パーンと一発パルマを打って
神さまは誰にだって、自分にしかできないことを授けてくださるのさ、と言う。

そして続けて

もし旦那の仕事が新聞に何かを書くっちゅうことだとすれば
儂には、この耳ちゅうもんがあってのう
だからこそできるってことが、あるってわけさ。
のうドン・ファン、旦那はもう儂の小皿演奏を聴いたかね。
はっきり言うて、これより難しい楽器なんかこの世にはねえのさ。
決め事なんかなしで演るのさ、楽譜なんていらねえよ。
だからレオンさまが、儂があの楽団長のモデストを怒らせて
奴の演奏を邪魔しようと思うたら、この耳があるってなもんさ。
バンドが新しい曲を演る前に、俺が口笛で
この耳が聴いて覚えた通りにその曲を吹きゃあ、それでオジャンよ。
んなわけで、もう言うたよな、
旦那は新聞にものを書く、それで儂はプラテーロより強いってこと。
ほら旦那、ここを触って見てくだせえ。

そう言って自分の老いた頭、髪の毛の薄くなった頭を下げてみせる。
頭の真ん中は、カスティージャの台地のよう、というか
乾涸(ひから)びた硬いメロンみたいで
おまけに頭のてっぺんに大きなタコができていた。

それが彼の厳しい仕事の証。
レオンは、パーンと、また一発パルマを打つとスックと背筋を伸ばして飛び上がり
あばたのある瞼でウインクを一つすると
口笛でパソドブレを吹きながら姿を消した。
その曲のことは知らないけれど、きっと今晩演奏される新曲なんだろう。
と思ったらすぐに引き返してきて、わざわざ名刺を一枚、私にくれた。
それにはこう書いてあった。

レオン　モゲールの荷物運搬人組合　長老

ドン・ファンとはファン・ラモン・ヒメネスのこと、ドンは敬称で、昔は、特にアンダルシアなどでは、それなりの男の人にはドンを、女の人にはドーニャをつけて呼ぶことが多かった。ヒメネスはいいとこのおぼっちゃまなので、おそらくはジプシーと思われるレオンはそう呼んだのだろう。フィンガーシンバルというのは、小さな金属製の、カスタネットのように指で鳴らすシンバルで、主にアラビア音楽に用いられるが、ごく稀にフラメンコでも用いられることがある。レオンはその使い手のようだが、最後の方にあるように、昼間は荷物を運ぶ仕事をしていて、頭のてっぺんが禿げ上がって硬いタコができているのは、しばしば頭の上にものを乗せて運ぶせいなのだろう。なお、パソドブレというのは、リズミカルな節回しの、スペイン独特のメロディラインを持つ華やかな曲で、特に闘牛でよく演奏される。またパルマというのはフラメンコになくてはならない鋭い手拍子のことで、靴で床を踏み鳴らすサパテアードと同じく、重要なリズム楽器の働きをする。

塔

129

だめだよ、塔に上ったりなんてできないよ、プラテーロ
お前は大きすぎるよ、セビージャのヒラルダの塔ならともかく。
一緒に登れたらいいなあ、嬉しいなあって、思ってはいるんだよ。

塔の上の時計のある場所のバルコニーからは街の家々の、白い屋上（テラス）が見える。
いろんな色のガラスをはめ込んだ天窓も見える。
花を咲かせた、青く塗った植木鉢も見える。
ほかにも南の方の、この大きな鐘をあげるときに壊れたバルコニーからは
お城の中庭（パティオ）やディエスモの酒蔵（ボデガ）
そして海が、潮の満ち干が見える。
その上には、いくつもの小さな鐘をつるしたバルコニーがあって
そこからは、四つの街とセビージャに向かう汽車や
リオティントからやってくる汽車や、
岩の聖母（ビルヘン・デ・ラ・ペーニャ）の山が見える。
それから上には、鉄棒を掴（つか）んで上らなくちゃ無理だけど

そうすれば雷で傷を負った聖サンタ・ファナの彫像の足に触ることができる。
お前がこの塔に登ろうとした教会の入り口も見える。

白と青のタイルに太陽の光が当たって金色に輝く祭壇の門からお前が顔を出したら
教会の広場で闘牛ごっこをして遊んでいる子どもたちは
さぞかしびっくりするだろうね。
子どもらしい、甲高い透き通った愉快な叫び声が響き渡るだろうね。
こうして見てみれば、本当にここには
お前が見るのを諦めなくちゃならなかったものがいっぱいあるね、可哀想にね。
でもお前はいつだって、古い墓地の小径（こみち）みたいに
ごくごくシンプルに生きていくんだものね。
そうだよね、プラテーロ。

スペインの街は基本的に、教会とそれに面した広場を中心にしてつくられていて、教会には通常、教会の一部としての高い塔、鐘を鳴らすための鐘楼がある。鐘はお祈りの時刻を告げたりするために毎日鳴らされるが、その音が届く範囲が、おおまかに、その教会の教区のようになっている。小さな街ではその街のシンボルともいうべき教会が基本的に一つある。そこからの鐘の音が朝夕、街中に響き渡る。モゲールの街にも中心に教会があり、隣接して美しい鐘楼がある。教会の中央に大きな扉の門があり、その前が広場になっている。

マドリガル

見てごらん、プラテーロ
サーカスの円形曲芸場にいる子馬みたいに
蝶々が庭の中でぐるっと三回、まあるく輪を描いて回ったよ。
柔らかな光が、優しい海の面(おもて)でしか見られない
波がつくるかすかな白いさざ波のようだね。
ほらまた戻ってきた、と思ったら壁の向こうに飛んで行く。
向こう側にある野生の薔薇のところで石灰の壁を背にして飛ぶ姿が目に浮かぶ。
またこちらの方にやってきた。
まるで二羽の蝶々が一緒に飛んでいるみたいだね。
一羽は白の、そしてもう一羽は黒の、つまりは影の……

プラテーロ、最高の美というものがあるものなんだね。
ほかのものが隠そうとしても無理なほどの……
お前の顔を見ればすぐに目に留まる二つの眼も、最高に素晴らしいよ。
そして星は夜の美、薔薇や蝶々は、昼の庭の最高の美。

131

ねえプラテーロ、なんて綺麗に飛ぶんだろう。
あんな風に飛ぶことが、あの蝶々にとっての喜びなんだろうね。
それを私に当てはめるなら、本当の詩人にとっての喜びは詩をつくること。
蝶々にとっては、自分自身とか心とかそういうものが何もかも
みんな一緒になって、すべてはあの飛ぶ姿の中にある、
あの蝶々は、世界のなかの最も大切なものは
すべてこの庭の中にあると信じている、とそう思うんだ。
静かにしなさい、プラテーロ、ちゃんと見なさい。
あんなに風に飛ぶのを見るという喜び
あれは、余計なものなんて何ひとつない、ほんとうの純粋。

マドリガルは十四世紀から十七世紀頃に、主にイタリアで好まれた三行詩を連ねて最後に二行の締めのような詩句を置く短詩の形式。ダンテの『神曲』は長篇詩だが、基本的に三行詩を連続させる形式をとっている、アンダルシアの詩人たちにも、三行の詩の形式を自由な形で取り入れている人は多い。それをもとにつくられた楽曲も多く、音楽の一つの表現形式ともなっている。しかし、この詩はマドリガルの形式をとっているわけではなく、マドリガルに謳われるテーマが、主に自然の美しさや、そこでの人間的な暮らしであるため、このようなタイトルをつけたのだろう。

死

プラテーロが、藁のベッドに横たわっていた。
眼に力がなく、悲しそう。
駆け寄って、話しかけながら体をさする。
なんとか起き上がって欲しいと思って……
可哀想なプラテーロは体を動かそうとして前脚を片方曲げてみたけれど
ひどく気怠そうで……起き上がれない。
その前脚を床の上に伸ばしてあげた。
もういちど、優しく言葉をかけながら脚をさすった。
それから医者を呼びに行かせた。

老いたダルボン先生は、プラテーロを見ると
歯のない大きな口を、これまで見たこともないほど下に向け
顎（あご）が胸につくまで頭を垂れると
顔を真っ赤にして、振り子のように頭を振った。

132

よくないんですね、そうなんですね？

先生が何と言ったか覚えていない。


とんでもなく不幸なことだけど、もう……

なんにも……

痛みが……

どうしてこんなことになってしまったのか……

草の中に悪い土でもあったのか……


プラテーロは、お昼には死んでしまっていた。

綿毛の生えた小さなお腹がパンパンに、地球のように丸く膨らんでいた。

硬くなって、艶がなくなってしまった脚が天を向いていた。

撫でると、縮れた毛が
虫に食われた古い人形の麻の髪の毛のように、悲しい埃(ほこり)みたいに抜け落ちた。

窓から太陽の光が差し込むたびに
静まり返った小屋が燃え上がるような気がした。

三つの色の羽の美しい蝶々が一羽、舞っていた。

追慕

プラテーロ、見ているよね、私たちのことを。
ほんとうに、安らかに微笑みながら見ているよね？
透き通って冷たい果樹園の井戸の水を。
一所懸命にミツバチが今日の最後の光に乗って
緑と紅のローズマリーのまわりを、そのローズマリーを薔薇色や金色に染める
丘を燃え上がらせるほどの日没の太陽の光の中を、飛ぶのを……

プラテーロ、見ているよね、私たちのことを。
ほんとうに、見ているよね？
洗濯女たちの小さなロバたちが、古い泉通りを赤い坂を通って
疲れて足をひきずりながら、大地と空とが
たった一つの素敵なガラスの中に閉じ込められてしまったような
はかり知れないほどの清らかさのなかを、悲しそうに通るようすを……

プラテーロ、見ているよね、私たちのことを。

ほんとうに、見ているよね？
子どもたちが、ゴジアオイが生い茂るなかを顔を真っ赤にして走り回るのを。
ゴジアオイには、茎にも花にも体を休めたくなる何かがあるから
まるで白い羽に深紅を散らした気まぐれな蝶々たちが
群れをなしてとまっているかのような、そんな花が咲いているようすを……

プラテーロ、見ているよね、私たちのことを。
プラテーロ、ほんとうに見えるよね？
私をきっと、見ているはず。
私だってお前の声が聞こえる、そう、聞こえる。
空が澄み渡った日の夕暮れに、お前の優しくて悲しげな鳴き声が
雲ひとつない夕暮れの葡萄の谷間のいたるところを和らげるお前の声が聞こえる。

ヒメネスは『プラテーロと私』の全体を通して、いわゆる定型詩の形式を破って、散文詩とも純粋詩とも自由詩ともとれる表現を果敢に模索しているが、ここでは同じ行数の詩文を一つのブロックとして、それを四回繰り返し、ブロックの冒頭部では同じフレーズを繰り返すという、ここだけの独自の定型詩のような形式をあえて用いている。

木挽き台

木挽き台の上に、可哀想なプラテーロの鞍と馬銜(はみ)と端綱(はづな)を乗せた。
何もかも、大きな倉庫に運んだ。
倉庫の片隅には
赤ん坊のゆりかごがいくつか置き忘れられたままになっていた。
倉庫は広くて、静かで、明るかった。

倉庫からは、モゲールの野山がどこまでも見渡せた。
左の方には、赤い風車小屋。
正面には、松の木に覆われたモンテマヨールの丘。
そこにある小さな白い礼拝堂が見える。
教会の裏には、ピーニャの小さな野菜畑。
西の方には、夏の海が高く、輝いて見えた。
夏休みになれば、子どもたちは倉庫で遊ぶ。
そこにある壊れた椅子をいくつもつなげて汽車ごっこをする。

134

赤く塗った新聞紙を使って舞台をつくる。
教会だって、学校だってつくる。
たぶん子どもたちは木挽き台に、生きていない馬にまたがる。
そして、甲高い掛声をあげ、手や足でせわしなくリズムをとりながら
夢のなかの草原を駆け回る。

アレーッ、プラテ〜ロ〜
アレーッ、プラテ〜ロ〜

もの想い

今日の午後、子どもたちと一緒にプラテーロのお墓を訪れた。
お墓はピーニャの菜園の中の
まあるい、ちょっと父性的な雰囲気のある松の木の根元。
周りには、四月に美しく彩られた湿った大地。
大きな黄色いアイリス。

こんもりとした松の木の上の方でヒワたちが歌っていた。
まるで高い空のような青に染まった緑の葉の中の鳥たちの小さなさえずり。
美しく明るい歌声が
少し冷たい午後の金色の風の中に消える。
まるで透き通った新たな愛の夢のように。

子どもたちは、お墓に近づくにつれ
大きな声を上げるのをやめ、黙って、真面目な顔になる。
私の目に映るキラキラした子どもたちの目。

135

聞きたいことで胸が一杯になる私。

プラテーロ、友よ。
大地に向かって話す私。
きっとお前は今、空の草原にいるんだよね。
お前の毛むくじゃらの背に若々しい天使たちを乗せて……

答えておくれプラテーロ
もしかしたら、忘れたの？
まだ覚えているよね、私のことを……

まるで私の問いに答えるかのように、一匹の白い蝶々が
それまで見たこともない蝶々が、ふわりと舞い、そして舞い戻ってきて
そのまま、ずっと
一つの魂のようにアイリスの花から花へと舞っていた。

モゲールの空の上のプラテーロへ

可愛いプラテーロ、私の小さな脚の速いロバ。
私の心を、私の心だけを
何度その背に乗せてくれたことだろう。
いつもあのウチワサボテンの
ゼニアオイの
スイカズラの路を通ってずっと……

この本をお前に。
お前のことが書いてあるこの本を。
今のお前なら読めるから。

私の心はもうお前のところに
天国にあるような気がする。
モゲールの景色とともにある私たちの心、お前の心と一緒に天に昇って
私の心を、この本の、紙でつくったお前の背中に乗っけて

〔136〕

木苺の花のなかを進んで、そのまま天に……
前よりずっといい人になって、前よりずっと優しくなって
前よりずっとずっと
日ごと日ごとに純粋になって……

そう、私にはわかる、陽が暮れる頃
ウグイスやオレンジの木々に混じって、ゆっくりと深い思いが私に届く。
誰もいないオレンジ畑を通って
もう死んだんだよと囁(ささや)く松の木のところへ。
お前は、プラテーロ
永遠に枯れない薔薇の小径にいて、幸せなんだよね。
お前の心が姿を変えて芽を出した黄色いアイリスの前で佇む私のことが
見えるよね、プラテーロ。

ボール紙のプラテーロ

プラテーロ、一年前に
お前の記憶を書き記した文章の一部が本として、人間たちの世界に出た。
その時、お前の友人で、私の友人でもある女性が
このボール紙でできたプラテーロをプレゼントしてくれた。
そちらからも見えるかな？
ほら、半分が灰色で半分が白、口のところが黒と赤に塗ってある。
ものすごく大きな眼が、大きくて真っ黒。
背中には粘土で作った荷鞍が載せてあって
そこには、薄い紙でつくった花を咲かせた植木鉢を乗せてある。
ピンクの花、白い花、黄色い花……
頭が動くようになっていて、四つの素朴な車輪もついていて
藍色に塗った木の台座の上を歩く。

お前のことを思い出しているうちに、プラテーロ
このおもちゃの小さなロバのことが

(137)

だんだん可愛くなってきた。
私の書斎に入ってくる人はみんな
ニコニコしながら、プラテーロと呼びかける。
もしお前のことを知らない人が、これはなんですかと尋ねれば
私は、プラテーロですと答える。
そんなこんなで、プラテーロという名前は、すっかり私に馴染んでしまって
私の想いといつも一緒にあるものだから
私はひとりぼっちだけれど
でも、目の前のこのプラテーロがお前のような気がして
いつもそう思って目で愛(いつく)しむんだよ。

お前はどう?
人間の心って、思い出って、ちっぽけなものだね。
このボール紙のプラテーロが、今では実際のお前よりも
なんだかもっとプラテーロっぽく思えたりするんだよ、プラテーロ。

一九一五年、マドリッドにて

故郷に眠るプラテーロに

ほんのちょっとだけ、プラテーロ、死んだお前に会いに行くよ。
お前が死んでから、なんだか私は、生きていなかったように思う。
何も、なんにも起きなかった。
でも、お前は生きているし、私はお前と、いつも一緒にいる。
だからお前には、一人で会いに行く。
あの男の子たちや女の子たちはもう大人になっているから。

私たちに降りかかった三つの荒廃の後始末も、なんとか終わった。
お前もわかっているように、私たちは今、その荒地の上に自分たちの足で
この世で最良の豊かさ、つまりは私たちの心と共に立っている。
私の心、ああ、あの二人の人たちの心も
私の心と同じように満ち足りていたらいいのだけれど……
そうだったらもう何も言うことはない。
あの人たちも、私と同じように考えていてくれたらいいのだけれど……
いや、そうじゃないかもしれない、一番いいのは、何も考えないこと。

（138）

そうすれば、私がやってしまった悪いこと、私が言ってしまった皮肉や嫌なこと
そんなことなどを考えて、記憶の中の悲しみと向かい合わなくて済むから……

私は今、お前にしか言えないようなことを
誰よりもまず、お前に分かってほしいと思うことを、こうして話しているけれど
そうすることは、そうできるのは、とても嬉しく、とても良いこと。
私はこれから、ちゃんと生きていこうと思う。
ちゃんと今を生きて、そうして一生を生きて、そして
穏やかで清々しい未来がのこしていく過去が、その思い出が
一輪のスミレの、日陰で、自分自身の色の花を
優しい香りと共に何気なく自然に咲かせるスミレの花のような
そんな過去を残せるように……

ああプラテーロ、お前は今たった一人で過去の中にいるけれど、でも
過去がお前にあげられるものなんて、もう何もない。
お前は永遠のなかを生きて、ここにいる私と同じように
永遠の生命を持つ神の心臓のように、朝になれば昇る太陽のように
生きて行くための小さな種を、お前も私も手の中に持っているんだものね。

一九一六年、マドリッドにて

この文138と前の文137の最後にあるように、これらはモゲールではなく、マドリッドで、プラテーロにあてて書かれたもの。先の文にあるように一九一四年に『プラテーロと私』の一部が出版され、一九一七年、完成形としての『プラテーロと私』が出版された。この文では作品全体を通して初めて、三つの荒廃という、抽象的で意味ありげな、おそらくは父の死後、次第に苦しくなって行ったヒメネス家の人々に起きたなんらかの苦境を示す謎めいた言葉が、なんの説明もなく使われていて違和感があり、それは何なのだろうと読む者は思わざるを得ない、しかし、その具体的な内容に立ち入るより、むしろここでは、それも何とか終わった、と書かれている以上、それは生きていく上では誰にでもある苦しい過去と、ここでは捉える方が良いと考えられる。そうして、ヒメネスがここでしているように、悪いことを思い出すのではなく、善き思い出とともに、未来を見つめて今を生きることの大切さや豊かさを、ここでは語ろうとしているのだと、つまりはここでのヒメネスと同じように考えて生きてほしいと、ヒメネスが最後に読者に言っているように感じられる。

この本について

谷口江里也

『プラテーロと私（Platero y yo）』は、一九五六年にノーベル文学賞を受賞した、スペインを代表する詩人の一人、ファン・ラモン・ヒメネス（Juan Ramón Jiménez 一八八一～一九五八）の数多い作品の中で最も広く知られた彼の代表作で、本書はその完全版の抄訳です。

スペインの詩人が、このような詩集を創りあげたことは、私には一つの奇跡のように思えます。なぜなら『プラテーロと私』は、詩の黄金時代とも言える二十世紀前半のスペインにあって極めて特異、というより、それ以前を含めてスペインの詩人たちによって書かれたどんな詩集とも違うからです。

にもかかわらず、『プラテーロと私』には、スペインのアンダルシアの詩人でなければ書き得ない、場所と密着した詩情が溢れています。しかもそこには、この世を生きる人間なら誰もが感じる喜びや哀しみが、身近なものとの触れ合いを通してわかりやすく語られています。

つまり『プラテーロと私』は、特異性と地域性と普遍性が、人間や動植物を含めた命と、それを育む自然や街という、人間にとってなくてはならないものとの触れ合いを通して描かれ、それらが融合されて誰にもわかる美へと昇華されていることにおいて類い稀な作品です。

その三つの特性について簡単に述べれば、第一の特異性というのは、『プラテーロと私』がスペインの詩人たちの作品の系譜とはかなり離れている、というより、離れることを意識して書かれた作品だということです。

スペインの詩人たちの作品の特徴としては一般に、修辞性が高く、言葉の響きとそのつながりの巧みさや華やかさや、それを際立たせるリズミカルな形式を重視するものが多いということや、スペインを含む南欧の詩の一つの伝統的特徴として、豊かな物語性の広がりを指向すること、さらには、人間や社会の本質や現実を踏まえつつ、そこから遥か彼方を見つめるテーマ性の強さなどが挙げられます。

しかし『プラテーロと私』は、三行詩やソネットなどのように行数や形式を定めて、それが醸し出す音楽性や意味の重なりや鮮やかな転換を利用する、いわゆる定型詩の体裁をとっておらず、散文詩ともいうべき文章表現を敢えて行なっています。

しかもそこに登場するのは、史実でも歴史的なヒーローでも場所でもありません。舞台はモゲールという、アンダルシアのどこにでもあるような作者の故郷の小さな街であり、描かれているテーマも、そこでの日常的な暮らしの一コマであり、主人公的な存在のプラテーロに至っては、一般的には愚鈍さの代名詞とされるロバです。しかしむしろそこにこそ、ヒメネスの意図があったように思われます。

第二の地域性というのは、『プラテーロと私』が想像の世界でも抽象的な美や意味の世界(フィールド)でもなく、あくまでもモゲールという、現実に存在する小さな街とそこでの日々の些細な出来事、つまりすべてが極めて限定された地域での身近なことを巡って書かれているということです。

しかし全編を通してみれば、だからこそできることが『プラテーロと私』には凝縮されています。ロバのプラテーロはほとんどすべてのシーンに登場しますし、女の子たちや獣医のダルボン先生などもしばしば登場して、読み進むうちになんだかモゲールと、そこに登場する人たちや景色に自分が、親しみを感じるようになっていることに気づきます。そしてそのことにもまた、ヒメネスの想いが込められているでしょう。つまり読み進むうちに私たちの心の中にモゲールやプラテーロが生き生きと存在し始めるのです。

しかもモゲールは、たとえ小さくてもアンダルシアの典型的な街であり、光にせよ花にせよ哀しみにせよ、アンダルシアのほとんどすべての要素を備えています。そしてアンダルシアには、イベリア半島をめぐる長い歴史と様々な文化が折り重なっていて、それらが人々の気質や街の景色のいたるところに滲み出ています。あるいは真っ白い壁を輝かせる強い光と、それがつくる深い影の中に隠れています。

『プラテーロと私』の中でヒメネスは、そのようなことにさりげなく触れながらも、しかしすべては、自然や子どもたちや、普通の人々が普通の暮らしを営む街での出来事と共に語られます。

そこには、喜びや哀しみといった人間なら誰もが感じること、光や水や野山や家や花や鳥や空や風といった、世界中どこにでもあるもの、人の暮らしと感性を育む基本的な、そして最も大切なもののすべてが溢れています。それもまたヒメネスが作品に秘めた一つの創意であったでしょう。

つまりヒメネスは、個別のことを通して人と社会の普遍を、そしてそこにある美を、つまりは美や哀しみを見つめる豊かな心とそれを育む、あるいはそれを損なう場所のありようを、さりげなく、そして実に見事に描いています。この稀有な詩集が、世界中から愛されている理由がそこにあります。

ファン・ラモン・ヒメネスは、アンダルシア地方ウエルバ県の、古く小さな街モゲールで、ワイン農園や酒蔵（ボデガ）などを持つ比較的裕福な家の子として生まれました。若くして絵画や詩などの芸術に興味を持ち、家業を継ぐつもりでセビージャ大学の付属予備学校の法科に進学したものの、もっぱら絵画や文学に情熱を傾け、十七歳で中退すると、十九歳の時には詩人になることを決意してマドリッドに出ます。そこで第一線の詩人たちの影響を受けながら、すぐに二冊の詩集を出版（一九〇〇年）しているところをみれば、もともと豊かな感性と言語感覚の持ち主だったのでしょう。

ところがその年に父親が急死し、大黒柱をなくしたヒメネス家は、その後没落の一途を辿りますが、ヒメネスもまた、彼を理解し彼の精神的な後ろ盾として温かく見守ってくれていた父親を亡くしたショックで病に伏し、マドリッドの詩人たちのシーンから離れて、フランスの病院で療養したりしますが、この頃にフランスの詩やギリシャの古典などに接したこと、そして一旦マドリッドの詩人たちのシーンから距離を置いたことが、この詩人にとっては、結果的に見ればむしろ幸いしたかもしれません。

その後ヒメネスは、ボルドーから故郷のモゲールに戻って療養を続けます。『プラテーロと私』はその時の体験をもとに書かれたものです。そして三十歳の時（一九一一年）モゲールから再びマドリッドに出ます。

その頃マドリッドでは、詩人のアントニオ・マチャードやミゲール・デ・ウナムーノ、小説家のピオ・バロハやノーベル文学賞劇作家のハシント・ベナペンテ、オルテガ・イ・ガセットなどの、九八年世代と呼ばれることになる作家たちが文化シーンを牽引していました。一八九八年というのはスペインが対米戦争に敗れて、大航海時代には世界を制覇していたにもかかわらず次々に植民地を失い、最後に残ったキューバやプエルトリコやフィリピンを失った年です。

九八年世代というのは、かつて世界をリードしながら、過去の記憶にすがるばかりで没落してしまったスペインの歴史的な流れの中で、文学においても絵画においても黄金時代を築きあげたかつての栄光を、せめて文化において復興できないか、そのためにはどうすれば良いかと考えた知識人たちの集まりです。

彼らの文化運動は、そのためにはまず世界最先端の教育が必要だと考えたフランシスコ・ヒネール・デ・ロス・リオスたちが提唱する自由教育運動とも呼応し、二十世紀に世界に羽ばたくことになる多くの表現者たちを生み出した『学徒たちの館（Residencia de Estudiantes）』に結実して、映画監督のルイス・ブニュエルや画家のサルバドール・ダリ、さらには九八年世代や『学徒たちの館』の影響を強く受けたフェデリコ・ガルシア・ロルカ、ラファエル・アルベルティ（国家詩人賞、セルバンテス賞、レーニン賞）、ホルヘ・ギジェン（セルバンテス賞）、ペドロ・サリーナス、ダマソ・アロンソ（セルバンテス賞）、ジェラルド・ディエゴ（セルバンテス賞）、ルイス。セルヌーダ、ビセンテ・アレクサンドル（ノーベル文学賞）などの二七年世代の詩人たちを輩出するに至ります。

ヒメネスはこうした文化ムーブメントの真っ只中で次々に詩集を出版しますが、それにも増して重要なのは、『学徒たちの館』で、生涯の妻となる詩人で翻訳者のセノビア・カンプルビと出会ったことです（一九一三年）。ヒメネスにとって彼女との出会いはまさしく決定的な出来事で、インドの詩人で哲学者でもあったラビンドラナート・タゴール（ノーベル文学賞）の作品のスペイン語圏への紹介者でもあった彼女はヒメネスに極めて大きな影響を与えました。

インド人のタゴールがイギリスに留学して西欧文化に触れたことが彼の表現力の飛躍につながったように、ヒメネスもまたタゴールの作品を通じてアジア的な何かと触れ合ったのでしょう。ちなみに『プラテーロと私』の完全版（本書の原本）は、セノビアと結婚した翌年（一九一七年）に出版されています。

もちろん、のちに歴史的な詩人となる多くの若者との交流もまた詩人としてのヒメネスの確立につながったと考えられます。異質なものとの出会い、そして互いの違いと共通性を凝視することは、文化や表現者の表現レベルの向上や飛躍、そして作品が対象とするフィールドの拡大、そして普遍力を持つ個有性の確立にダイレクトに寄与するからです。

もちろんそのためには様々な出会いや幸運や不幸を自らの心身で受け止め、それを普遍力のある個性や魅力や表現力の構築への糧に変える必要があります。逆に言えば、そうしなければ全ては単なる出来事として通り過ぎてしまい、どんなに豊かな資質があったとしても、表現者として傑出することには繋がりません。

それに加えて、スペインのアーティストの一つの顕著な特徴として、九八年世代や二七年世代の詩人たちのように、互いに影響を与え合い、共に文化シーンを牽引しながらも、閉鎖的、あるいは排他的なグループを形成したり同一性を指向したりするようなことはなく、むしろ互いに違いを際立たせて他に秀でることに専心する、つまりは孤高を目指して、そこから普遍につながろうとする気風があります。

その意味では『プラテーロと私』もまた、さりげない体裁の向こうに、まだ誰もなし得ていないことを敢えて実現するという、スペインの優れたアーティストの特徴が十二分に発揮された作品といえるでしょう。

もう一つ注目すべきは、『プラテーロと私』が対話という形式を用いて書かれているということです。偉大な先人セルバンテスの『ドン・キホーテ』は、主人公のドン・キホーテと、もう一人の主人公ともいうべき従者のサンチョ・パンサとの対話によって成り立っています。作品を全く異なる個性を持つもの同士の対話によって構成するという創意がなければ『ドン・キホーテ』は、あのような深みと普遍性を持つ作品にはなり得なかったでしょう。

これには、会話が最高のアートであり楽しみであるスペインの文化的風土が背景にあるともいえます。スペインでは文化はカフェやバルや路で生まれます。そこでの丁々発止の論争や、気の利いた言い回しの競い合い、ユーモアと毒舌をないまぜにしたような言葉の投げ合い、別れ際に路上でさらっと発する決め言葉など、スペインの表現者には、そんな一瞬のカッコよさに命をかけ、そのためのエネルギーの浪費を厭わないところがあります。

しかしそこで粋なことの一つも言えないようでは、またそうしたやり取りをとおして一目置かれないようでは、あるいはいつどんな時でも打てば響くように言葉を返す瞬発力と圧倒的な個性がなければ、スペインでは一流の表現者とはみなされません。対話の相手が知識人であろうと八百屋のおじさんやバルのおばさんであろうと同じです。

スペインでは誰もを納得させるほどの人間力や個性、あるいは魅力を身につけたものだけが分厚い文化の地層の表面に頭角を現すことができます。そこから表現するために生き、そうして表現し続けた者だけが敬愛されます。

スペインほどではなくても、そもそも対話は表現や文化の基本です。対象が具体的であろうと抽象的であろうと、人も文化も対話によって自らを知り相手を知って成長します。対話は魅力ある表現の、あるいは普遍性のある表現への糸口です。想像世界をやり取りするための幻想共有媒体（メディア）である言葉や画像や音楽や数理などを編み出すことで人は文化的な存在になりましたが、言葉はその中でも、思考を深め広げる上で最も重要なものであり、その働きは自他の、あるいは自分自身との対話によって覚醒します。

ロバのプラテーロとの対話によって構成されている『プラテーロと私』は、だからこそ誰の心にも届くのです。もしプラテーロという存在がなければ、「私」は、あんなにもたくさんの言葉や思いを発する必要、つまりは必然性がありません。また人の心の声は発せられなければ誰にも聞こえません。そして言葉は本質的に、誰かの心に届くことを願って発せられます。

つまりプラテーロに向かって発せられた言葉は、それを読む「私たち」に向かって発せられた言葉です。そこに表現された想いは、それを私たちと共有することを、あるいは共有できることを信じて描かれた想いです。だからこそ、人や自然や美の普遍という中空に向かって放たれた言葉や想いが、遥かな時空を超えて私たちの心にも届くのです。

ここで、アメリカにいたセノビアを追ってニューヨークで結婚し、彼女と共にマドリッドに戻って翌年『プラテーロと私』を出版した後のヒメネスの足跡をごく簡単にたどれば、その後ヒメネスはマドリッドで盛んに詩作に励みますが、一九三六年に、いわゆるスペイン市民戦争が始ります。ヒメネスは共和国政府から国外の駐在大使の職をオファーされたりなどしますが、それを断り、キューバやアメリカを転々としたのち、最終的に、セノビアの母の故郷であるプエルトリコに定住して詩作を続けました。
彼がノーベル文学賞を受賞したのは一九五六年、七十五歳の時でしたが、その知らせが届いたその日に、癌を患って死の床にあったセノビアが亡くなり、二年後、ヒメネスも息を引き取りました。そうして二人はモゲールに埋葬されました。

散文的な体裁を取りながらも詩的な言葉に満ちた『プラテーロと私』には、印象的なフレーズがたくさんありますけれども、それに関しては読者の方々が、それぞれ自分の心に響いたものを見つけていただくとして、私の心に残っていて、今ふと思い出した言葉をいくつかあげさせていただきます。

すべてのものは、いれかわりたちかわり現れ、そして消える。
そういうものを誰でもみんな、見ていることは見ているんだけど
でもすべてを、まるで空想の物語の場面を描いた挿絵くらいにしか見ていない。
だから誰だって、半分目が見えない人のように人生を歩む。（113頁）

美だけが、儚い一瞬を
さりげなく永遠に変えることができる。
生きているあいだにも、いつだって死は生と共に歩んでいる。（148頁）

ほら、夕陽が沈んでいく。
大きくて緋色で、目に見える神さまみたい。
あらゆる恍惚と共に現れ
そしてウエルバの先にある海の水平線の向こうに去っていく。
圧倒的な静寂の時、この世の至福。
この世っていうのはつまり、モゲールとその自然
そしてお前と私のことだよ、プラテーロ。（173頁）

詩というものが、意味や理屈を超えて、それを読んだ人の心の中に、その人なりの想いと共に生き続けるものだとして、『プラテーロと私』は、そんなふうにその人だけのものとなって生き続け得る言葉に満ちています。どうしてでしょう。

考えてみれば『プラテーロと私』に書かれているのは、スペインの田舎の小さな街モゲールでの、たった一年たらずの出来事です。なのにどうして、そんな地球の片隅で一〇〇年も前に書かれた言葉が、それから遠く隔たった地球の裏側の現代を生きる私たちの心に、そして世界中の人々の心にいまなお深く沁みるのでしょう。

交通機関が発達した社会に住む私たちは世界中どこにでも行くことができます。お金を出せば外国の街々を一週間でガイド付きで見て回ることだってできます。また人類史にかつてなかった情報社会の中で生きる私たちは、誰もがスマートフォーンを持ち、家の中でも電車の中でも、時には歩きながら絶え間無く、その場にはいない人とメールをやり取りし、ゲームをし、

世界中の出来事の断片を見続けています。では私たちはその分、利口になったのでしょうか？私たちが物事を見る力や聴く力や感受性や表現力は、より豊かになったのでしょうか？

必ずしもそうではないかもしれません。電車の中でスマートフォンの画面に釘付けになっている人は、目の前に妊婦が立っていることに気づかないかもしれません。レストランで恋人と一緒に食事をしているときに電話がかかってくれば、恋人は一瞬にしてどこか違う場所に行ってしまいます。会話は途切れ、そこには自分ではない人と話している恋人がいます。

私たちは誰もが一日二十四時間という限られた時間の中で生きています。考えてみれば私たちの生活圏はそれほど広くありません。親しい人も限られています。ですからもし多くの時間を何かに使えば、それ以外のことをする時間は当然減ります。スマートフォンで外国の綺麗なビーチや見知らぬ女の子の笑顔やゲームの主人公の冒険を見れば見るほど、自分を取り巻く空間や知人と触れ合う時間は減ります。つまり、身近なものやことや場所や親しい人々との触れ合いが減ります。


もしかしたら、だから『プラテーロと私』は時空を超えて私たちの心に染みるのかもしれません。そこに描かれているのは、「私」が見つめ触れ合うものは、そこに現にあるもの、いまそこで起きていることです。そこには空があり風があり太陽があり水があり朝があり夕暮れがあり夜があり草や木や花があります。そして子どもたちや街の人々。しかもそばにはいつも、ヒメネスが自分の想いを自由に語りかけることができるプラテーロ。

つまりそこには、地球という星の上で生きる私たちの命と心を育んでくれるすべてが、美しいことや楽しいことや可愛いことや美味しいことや哀しいことや想像の世界のことなど、私たちが生きていく上で必要で大切なことのすべてがあります。

そしてそれらはみな、よく見れば私たちの身の回りにあるもの、地球上のどこにでもあって、そして時代が変わろうと場所が変わろうと、人が人として生きる限りなくてはならないものばかりです。たとえロバはいなかったとしても、まわりには犬や猫やお人形さんや空に浮かぶ雲など、語り合える相手はいくらでもいます。

本書では、そのような『プラテーロと私』が大切にしていること、そして現代の私たちがともすれば忘れそうになってしまっていることに留意し、また一三七の詩篇からなる完全版のすべてを掲載すると膨大になってしまうことと、なかには現代の日本人にとっては感覚的に理解しづらい詩もありますので一〇一篇を厳選して翻訳いたしました。この主旨をご理解いただいた上で、この詩集の時空とのふれあいを愉しんでいただければ幸いです。

最後に、『プラテーロと私』という、唯一無二の素敵な本の秘密とつながっているように私には思える言葉を、もう一つご紹介します。

あの蝶々は、世界のなかの最も大切なものは
すべてこの庭の中にあると信じている、とそう思うんだ。（226頁）

Juan Ramón Jiménez

（1881 ～ 1958）

スペイン、アンダルシア地方、ウエルバ県のモゲールで生まれプエルトリコ、サンファンにて没。1956年ノーベル文学賞受賞。『Platero y yo（プラテーロと私）』は彼の代表作。当初画家を志し、父の勧めでセビージャ大学で法律を学び始めるも1899年に中退。この頃から詩を書き始め新聞に投稿。1900年にマドリッドに行き二冊の詩集を出版。同年、最良の理解者であった父が急死。精神病を患いフランスのボルドーの病院に入院。1905年にモゲールに戻って療養。『プラテーロと私』はこの時の体験をもとに書かれた。1911年にマドリッドに戻り盛んに創作活動を行う。1913年カタルニア人の父とプエルトリコ人の母を持つセノビア・カンプルビ（Zenobia Camprubí）と出会い1916年に結婚。1936年スペイン市民戦争の戦火を避けてキューバ、アメリカ合衆国などに移り住んだ後1950年以降プエルトリコに定住。1956年ノーベル賞受賞の直後に妻を亡くす。2年後にヒメネスも多作な生涯を終え共にモゲールに葬られた。

たにぐち えりや

詩人、ヴィジョンアーキテクト。石川県加賀市出身、横浜国立大学工学部建築学科卒。中学時代から詩と哲学と絵画と建築とロックミュージックに強い関心を抱く。1976年にスペインに移住。バルセロナとイビサ島に居住し多くの文化人たちと親交を深める。帰国後ヴィジョンアーキテクトとしてエポックメイキングな建築空間創造や、ヴィジョナリープロジェクト創造&ディレクションを行うとともに、言語空間創造として多数の著書を執筆。音羽信という名のシンガーソングライターでもある。主な著書に『画集ギュスターヴ・ドレ』（講談社）、『1900年の女神たち』（小学館）、『ドレの神曲』『ドレの旧約聖書』『ドレの失楽園』『ドレのドン・キホーテ』『ドレの昔話』（以上、宝島社）、『鳥たちの夜』『鏡の向こうのつづれ織り』『空間構想事始』（以上、エスプレ）、『イビサ島のネコ』『天才たちのスペイン』『旧約聖書の世界』『視覚表現史に革命を起こした天才ゴヤの版画集1～4集』『愛歌（音羽信）』『随想 奥の細道』『リカルド・ボフィル作品と思想』『理念から未来像へ』『異説ガルガンチュア物語』『いまここで』（以上、未知谷）など。主な建築空間創造に《東京銀座資生堂ビル》《ラゾーナ川崎プラザ》《レストランikra》《軽井沢の家》などがある。

platero y yo
プラテーロと私 抄
アンダルシア哀歌

2019年2月15日初版印刷
2019年2月25日初版発行

著者　ファン・ラモン・ヒメネス
訳者　谷口江里也
発行者　飯島徹
発行所　未知谷
東京都千代田区神田猿楽町2丁目5-9　〒101-0064
Tel. 03-5281-3751 / Fax. 03-5281-3752
［振替］　00130-4-653627

組版　柏木薫
印刷・製本所　中央精版印刷

Publisher Michitani Co, Ltd., Tokyo
Printed in Japan
ISBN 978-4-89642-571-0　C0098

谷口江里也の仕事

いまここに生きる　その一瞬を謳歌する

『プラテーロと私』が 100 年以前のスペインの片田舎の「いまここ」であるなら
『いまここで』は現在の著者の住居と仕事場周辺での日常
スペインの翻訳詩と邦語日常語詩というジャンル違いの姉妹書

いまここで

「一つひとつの確かさ」
とでも名づけたいような
本書の一頁一ページは
一年間通勤の途次に撮った写真と
そのとき心に浮かんだ言葉です。
この試みを始めた頃には
毎日同じところを通って
目に留まるようなものが
どれほどあるだろうかと危惧しました。
始めてみて驚いたのは
毎日まいにち目に映るものが
ゆっくりと、あるいは突然変わることでした——

127 葉の写真と言葉

四六判並製フルカラー 136 頁　本体 1600 円